Errico Malatesta

Fra contadini

Dialogo sull'anarchia

Texte et illustration de couverture : © domaine public
Edition : Culturea (Hérault, 34)
Contact : infos@culturea.fr
Retrouvez notre catalogue sur http://culturea.fr
Imprimé en Allemagne par Books on Demand
Design typographique : Derek Murphy
Layout : Reedsy (https://reedsy.com/)

Dépôt légal : janvier 2023
Tous droits réservés pour tous pays

ISBN : 9791041846719

Beppe. – Toh, guarda chi vedo! è un pezzo che ti avrei voluto parlare e son contento d'incontrarti... Giorgio che mi fai sentire! Quando stavi al paese eri un buon figliolo, il modello dei giovani della tua età. Oh! Se fosse vivo tuo padre.

Giorgio. – Beppe, perchè mi parlate così? Che cosa ho io fatto per meritare i vostri rimproveri? e perchè il mio povero padre dovrebbe essere scontento di me?

Beppe. – Non ti offendere delle mie parole, Giorgio. Io sono vecchio e parlo per tuo bene. E poi, ero tanto amico del vecchio Andrea, tuo padre, che a vederti fare una cattiva riuscita, mi dispiace come se tu fossi mio figlio, massimamente quando penso alle speranze che tuo padre riponeva in te, ed ai sacrifizii ch'egli ha fatto per lasciarti un nome intemerato.

Giorgio. – Ma che dite, Beppe? Non sono io forse un onesto lavoratore? Non ho mai fatto male a nessuno, anzi, scusate se lo dico, ho sempre fatto quel po' di bene che ho potuto: perchè mio padre dovrebbe arrossire di me? Faccio di tutto per istruirmi e migliorarmi: cerco, insieme ai miei compagni, di portar rimedio ai mali che affliggono me, voi e tutti: dunque, Beppe mio, in che cosa ho meritato i vostri rimproveri?

Beppe. – Ah! Ah! ci siamo. Lo so bene che lavori, che aiuti il prossimo, che sei un figliuolo onorato: lo sanno tutti al paese. Ma intanto sei stato più volte carcerato; dicono che i gendarmi ti tengono d'occhio, e che, solamente a farsi vedere in piazza con te, c'è da passare dei dispiaceri... Chi sa che io stesso non abbia a comprommettermi ora... ma io ti voglio bene e ti parlo lo stesso. Via, Giorgio, ascolta il consiglio di un vecchio: lascia spoliticare i signori, che non hanno niente da fare; tu pensa a lavorare e a far bene. Così vivrai tranquillo e in grazia di Dio; se no perderai anima e corpo. Senti a me: lascia andare i cattivi compagni, perchè, già si sa, sono essi che sviano i poveri figlioli.

Giorgio. – Beppe, credete a me, i miei compagni sono tutti giovani dabbene; il pane che mettono in bocca costa loro lacrime e sudore. Lasciatene dir male ai padroni, che vorrebbero succhiarci fin l'ultima goccia di sangue, e poi dicono che siamo canaglia se solamente brontoliamo, e gente da galera se cerchiamo di migliorare la nostra posizione e di sottrarci alla loro tirannia. Io ed i miei compagni siamo stati in carcere, è vero, ma vi siamo stati per la causa giusta: ci andremo ancora e forse ci accadrà anche di peggio, ma sarà per il bene di tutti, sarà per distruggere tante ingiustizie, e tanta miseria. E voi, che avete lavorato tutta la vita e della fame ne avrete sofferta anche voi, e che quando non potrete più lavorare, forse dovrete andare a morire in un ospedale, non dovreste unirvi con i signori e con il governo per dare addosso a chi cerca di migliorare la condizione della povera gente.

Beppe. – Figlio mio, lo so bene che il mondo va male, ma a volerlo accomodare è come voler raddrizzare le gambe ai cani. Pigliamolo dunque come viene, e preghiamo Iddio che almeno non ci faccia mancare la polenta. I ricchi ed i poveri ci sono stati sempre, e noi, che siam nati per lavorare, dobbiamo lavorare e contentarci di quello che Iddio ci manda; se no, ci si rimette la pace e l'onore.

Giorgio. – E torna con l'onore! I signori che ci hanno levato tutto, dopo che ci han costretti a lavorare come bestie per guadagnare un tozzo di pane, mentre essi coi sudori nostri vivono senza far niente di buono, nelle ricchezze e nella crapula, dicono poi che noi, per essere uomini onesti, dobbiamo sopportare volentieri la nostra posizione e vederli ingrassare alle nostre spalle senza nemmeno fiatare. Se invece ci ricordiamo che siamo uomini anche noi, e che chi lavora ha diritto di mangiare, allora siamo farabutti; i carabinieri ci portano in carcere, e i preti per giunta ci mandano all'inferno.

Statemi a sentire, Beppe, voi che siete lavoratore e che non avete mai succhiato il sangue del vostro simile. I veri birbanti, la gente senza onore sono quelli che vivono di prepotenza, quelli che si sono impadroniti di tutto ciò che sta sotto il sole, e che, a forza di patimenti, hanno ridotto il popolo allo stato di un gregge di montoni che si lascia tranquillamente tosare e scannare. E voi vi mettete coi signori per darci addosso?! Non basta che essi abbiano dalla loro il governo, il quale, essendo fatto dai signori e pei signori, non può non appoggiarli; bisogna dunque che i nostri stessi fratelli, i lavoratori, i poveri, si scaglino contro di noi perchè vogliamo ch'essi abbiano pane e libertà.

Ah, se la miseria, l'ignoranza forzata, l'abito contratto in secoli di schiavitù, non spiegassero questo fatto doloroso, io direi che sono senza onore e senza dignità quei poveri che fanno da puntello agli oppressori dell'umanità, e non già noi, che mettiamo a repentaglio questo misero tozzo di pane e questo straccio di libertà, per cercare di giungere al punto che tutti stiano bene.

Beppe. – Sì, sì, belle cose coteste; ma senza il timor di Dio non si fa niente di buono. Tu non me la dai ad intendere: ho inteso parlare quel santo uomo del nostro parroco il quale dice che tu e i tuoi compagni siete un branco di scomunicati; ho inteso il Sor Antonio, che è stato agli studi e che legge sempre i giornali, ed anche lui dice che voialtri siete o matti o birbanti, che vorreste mangiare e bere senza far niente, e che invece di fare il bene dei lavoratori, impedite ai signori di accomodare le cose meglio che si può.

Giorgio. – Beppe, se vogliamo ragionare, lasciamo in pace Dio e i Santi; perchè, vedete, il nome di Dio serve come pretesto e comodino per tutti quelli che vogliono ingannare ed opprimere i loro simili. I re dicono che Dio ha dato loro il diritto di regnare, e quando due re si contendono un paese, tutti e due pretendono di essere inviati da Dio. Dio poi dà sempre ragione a colui che ha più soldati ed armi migliori. Il proprietario, lo strozzino, l'incettatore, tutti parlano di Dio; e rappresentanti di Dio si dicono il prete cattolico, il protestante, l'ebreo, il turco, ed in nome di Dio si fanno la guerra, e cercano ciascuno di tirare l'acqua al suo mulino. Del povero non s'incarica nessuno. A sentirli, Dio avrebbe dato ogni cosa a loro, ed avrebbe condannato noialtri soli alla miseria ed al lavoro. Ad essi il paradiso di questo mondo e nell'altro; a noi l'inferno su questa terra, ed il paradiso soltanto nel mondo di là, se saremo stati schiavi sommessi... e se ci avanza posto.

Sentite, Beppe: in affari di coscienza io non ci voglio entrare, ed ognuno è libero di pensare come vuole. Per conto mio, a Dio ed a tutte le storie che ci contano i preti non ci credo, perchè chi le conta ci trova un po' troppo interesse; e perchè ci sono tante religioni, i cui preti pretendono di essere essi che dicono la verità, e prove non ne dà nessuno. Anche io potrei inventare un mondo di fandonie e dire che chi non mi crede e non mi obbedisce sarà condannato al fuoco eterno. Voi mi trattereste da impostore; ma se io pigliassi un bambino e gli dicessi sempre la stessa cosa senza che nessuno gli dicesse mai il contrario, fatto grande egli crederebbe a me, tale e quale come voi credete al parroco.

Ma, insomma voi siete libero di credere come vi pare, però non venite a raccontarmi che Dio vuole che voi lavoriate e soffriate la fame, che i vostri figli debbano venir su stentati e malaticci per mancanza di pane e di cure, e che le vostre figlie debbano essere esposte a diventar le drude del vostro profumato padroncino, perchè allora io direi che il vostro Dio è un assassino.

Se Dio c'è, quello che vuole non lo ha detto a nessuno. Pensiamo dunque a fare in questo mondo il bene nostro e degli altri; nell'altro mondo se ci fosse un Dio e fosse giusto, ci troveremmo sempre meglio se avremo combattuto per fare il bene, che se avremo fatto soffrire o permesso che altri facessero soffrire gli uomini i quali, secondo dice il parroco, sono tutti creature di Dio e fratelli nostri.

E poi, credete a me: oggi che siete povero, Dio vi condanna agli stenti; se domani voi riuscirete in un modo qualunque, magari colla più brutta azionaccia, a mettere insieme di molti quattrini voi acquisterete subito il diritto di non lavorare, di scarrozzare, di maltrattare i contadini, di insidiare all'onore delle povere ragazze... e Dio lascerebbe fare a voi, come lascia fare al vostro padrone.

Beppe. – Per la madonna! da che tu hai imparato a leggere e scrivere e frequenti i cittadini hai messa insieme tanta loquela che imbroglieresti un avvocato. E a dirtela schietta, hai detto delle cose che mi han messo un certo pizzicore addosso... Figurati! la mia Rosina è fatta grande e avrebbe anche trovato un buon giovane che le vuol bene; ma, tu capisci, siamo povera gente; ci vorrebbe il letto, un po' di corredo, e qualche soldo per aprire una botteguccia a lui, che fa il magnano, e se potesse levarsi di sotto al principale che lo fa lavorare per una miseria, potrebbe menare innanzi la famiglia che formerà. Io non ce n'ho, nè pochi nè molti; lui neppure. Il padrone potrebbe avanzarmi qualche cosa che io gli sconterei a poco a poco. Ebbene, lo crederesti? quando ne ho parlato al padrone egli mi ha risposto, sghignazzando, che queste sono opere di carità di cui si occupa suo figlio; ed il padroncino infatti è venuto a trovarci, ha visto Rosina, le ha accarezzato il mento, ed ha detto che giusto, aveva in pronto un corredo, che era stato fatto per un'altra e che Rosina doveva andarlo a prendere di persona. E nei suoi occhi si vedevano certi lampi, che sono stato sul punto di fare uno sproposito.... Oh! se la mia Rosina... mah! lasciamo questi discorsi.

Io son vecchio e lo so che questo è un mondaccio infame: ma questa non è una ragione per fare i birboni anche noi... Alle corte; è vero o non è vero che voi volete levar la roba a chi ce l'ha?

Giorgio. – Bravo, così vi voglio! Quando voi volete sapere qualche cosa che interessa i poveri non lo domandate mai ai signori, i quali la verità non ve la diranno mai, perchè nessuno parla contro sè stesso. E se volete sapere che cosa vogliono gli anarchici, domandatelo a me ed ai miei compagni, non già al parroco, e al Sor Antonio. Anzi, quando il parroco parla di queste cose domandategli perchè voi che lavorate mangiate polenta, quando ce n'è, e lui, che sta tutto il giorno senza far nulla, con un dito dentro ad un libro socchiuso, mangia pasta asciutta e capponi insieme alla sua... nipote; domandategli perchè se la passa sempre coi signori, e da noi viene soltanto quando vi è da pappare qualche cosa; domandategli perchè dà sempre ragione ai signori ed ai carabinieri, e perchè, invece di levare alla povera gente il pane dalla bocca colla scusa di pregare per le anime dei morti, non si mette a lavorare per aiutare un poco i vivi, e non stare a carico degli altri. Al Sor Antonio poi che è giovane e robusto, che ha studiato, e che occupa il suo tempo a giocare nel caffè o a far imbrogli sul municipio, ditegli che prima di parlare di noi, sarebbe bene che smettesse di fare il vagabondo ed apprendesse un poco cosa è il lavoro e che cosa è la miseria.

Beppe. – Su questo hai tutte le ragioni: ma torniamo al nostro discorso. È vero, sì o no, che volete pigliarvi la roba degli altri?

Giorgio. – Non è vero: noi non vogliamo pigliarci niente, noi; ma vogliamo che il popolo pigli la roba ai signori, la roba a chi ce l'ha, per metterla in comune a tutti.

Facendo questo, il popolo non piglierebbe la roba degli altri, ma rientrerebbe semplicemente nel suo.

Beppe. – O come dunque? Forse che è roba nostra, la roba dei signori!

Giorgio. – Certamente: essa è roba nostra, è roba di tutti. Chi gliel'ha data tutta questa roba ai signori? come hanno fatto a guadagnarsela? che diritto avevano d'impossessarsene e che diritto hanno di conservarla?

Beppe. – Gliel'hanno lasciata i loro antenati.

Giorgio. – E chi gliel'ha data ai loro antenati?

Come! alcuni uomini più forti e più fortunati si sono impossessati di tutto quello che esiste, hanno costretto gli altri a lavorare per loro, e, non contenti di vivere essi nell'ozio, opprimendo e affamando la gran massa dei loro contemporanei, hanno lasciato ai loro figli ed ai figli dei loro figli la roba, che avevano usurpato, condannando tutta l'umanità avvenire a essere schiava dei loro discendenti, i quali, infiacchiti dall'ozio e dal poter fare quel che vogliono senza dar conto a nessuno, se non avessero tutto in mano, e non volessero ora pigliarselo per forza come fecero i loro padri, ci farebbero davvero pietà.

E a voi pare giusto tutto questo?

Beppe. – Se si sono presa la roba per prepotenza, allora no. Ma i signori dicono che le loro ricchezze sono il frutto del lavoro, e non mi pare che stia bene il levare a uno quello che ha prodotto colle sue fatiche.

Giorgio. – E già, la solita storia! Quelli che non lavorano e che non hanno mai lavorato, parlano sempre in nome del lavoro.

Ora, ditemi voi come si fa a produrre e chi ha prodotto la terra, i metalli, il carbon fossile, le pietre e cose simili. Queste cose, o che l'abbia fatte Dio o che ci siano per opera spontanea della natura, è certo che tutti, venendo al mondo, ce le abbiamo trovate; dunque dovrebbero servire a tutti. Che direste voi se i Signori si volessero impadronire dell'aria per servirsene essi, e darne a noi soltanto un pochino e della più puzzolente, facendocela pagare con stenti e sudori? E la sola differenza tra la terra e l'aria è che per la terra hanno trovato il modo d'impossessarsene e dividersela tra di loro, e per l'aria no; chè se ne trovassero il mezzo, farebbero dell'aria quello che hanno fatto colla terra.

Beppe. – È vero, questa mi pare una ragione giusta: la terra e tutte le cose che non le ha fatte nessuno, dovrebbero essere di tutti... Ma none tutte le cose si sono trovate belle e fatte.

Giorgio. – Certo, vi sono moltissime cose che sono state prodotte dal lavoro dell'uomo, anzi la stessa terra non avrebbe che poco valore, se non fosse stata dissodata e bonificata dall'opera umana. Ebbene queste cose dovrebbero per giustizia appartenere a chi le ha prodotte. Per qual miracolo si trovano precisamente nelle mani di coloro che non fanno nulla e che non hanno mai fatto nulla?

Beppe. – Ma i signori dicono che i loro antenati hanno lavorato e risparmiato.

Giorgio. – E dovrebbero dire invece che loro antenati hanno fatto lavorare gli altri senza pagarli, proprio come si fa adesso. La storia c'insegna che le condizioni del lavoratore sono state sempre miserabili e che, tale e quale come ora, chi ha lavorato senza sfruttare gli altri, non solo non ha mai potuto fare economie, ma non ne ha avuto nemmeno abbastanza per cavarsi la fame.

Guardate gli esempi che avete sotto gli occhi: tutto quello che di mano in mano i lavoratori producono non va forse nelle mani dei padroni che stanno a guardare?

Oggi uno compra per pochi soldi un pezzo di terra incolto e paludoso; vi mette degli uomini a cui dà appena tanto da non morir di fame d'un tratto, e resta ad oziare in città. Dopo alcuni anni, quel pezzo inutile di terra è diventato un giardino e costa cento volte quello che costava in origine. I figli del padrone, che erediteranno questo tesoro, diranno che essi godono per i sudori del loro padre, ed i figli di quelli che hanno realmente lavorato e sofferto, continueranno a lavorare e a soffrire. Che ve ne pare?

Beppe. – Ma... se davvero, come tu dici, il mondo è andato sempre come ora, non c'è che dire, ai padroni non spetterebbe proprio niente.

Giorgio. – Ebbene, voglio supporre ogni cosa a favore dei signori. Mettiamo che i proprietari fossero tutti figli di gente che ha lavorato e risparmiato ed i lavoratori tutti figli di uomini infingardi e scialacquatori. Vedete bene che è un assurdo quello che dico, ma nullameno, anche se le cose stessero così, vi sarebbe forse maggiore giustizia nell'attuale organizzazione sociale? Se voi lavorate ed io faccio il vagabondo, è giusto che io sia punito della mia infingardaggine; ma non è giusto per questo che i figli miei, che potranno essere dei bravi lavoratori debbano ammazzarsi di fatiche e crepar di fame per mantenere i figli vostri nell'oro e nell'abbondanza.

Beppe. – Queste son belle cose ed io non so darti torto, ma intanto i signori ce l'hanno la roba, ed alla fin dei conti noi dobbiamo ringraziarli, perchè senza di loro non si potrebbe campare.

Giorgio. – Sì, ce l'hanno la roba perchè se la son presa colla violenza, e l'hanno aumentata pigliandosi il frutto del lavoro degli altri. Ma come l'hanno presa così la possono lasciare.

Finora nel mondo gli uomini si sono fatti la guerra gli uni cogli altri; hanno cercato di levarsi l'un l'altro il pane di bocca, e ciascuno ha messo tutto in opera per sottomettere il suo simile e servirsene come si farebbe di una bestia. Ma è tempo di finirla. A farsi la guerra non ci si guadagna niente; e l'uomo infatti, ne ha avuto miseria, schiavitù, delitti, prostituzione e, poi, di tanto in tanto di quei salassi che si chiamano guerre o rivoluzioni. Andando invece d'accordo amandosi ed aiutandosi gli uni cogli altri, non vi sarebbero più tanti mali, non vi sarebbe più chi ha tanto e chi ha nulla, e si cercherebbe di star tutti il meglio che si può.

So bene che i ricchi, i quali si sono abituati a comandare ed a vivere senza lavorare, non ne vogliono sapere di cambiar sistema. Noi sentiremo come la intendono. Se essi volessero capire, per amore o per paura, che odio e prepotenza tra gli uomini non ve ne debbono essere più e che tutti debbono lavorare, tanto meglio; se poi ci tengono a godere dei frutti delle violenze e dei furti fatti da essi e dai loro antenati, allora l'è bella e capita; per forza essi si sono impadroniti di tutto quello che esiste e per forza noi glielo toglieremo. Se i poveri s'intendono, sono essi i più forti.

Beppe. – Ma allora, quando non vi fossero più signori, come si farebbe a campare? Chi ci darebbe da lavorare?

Giorgio. – Pare impossibile! Come! voi lo vedete tutti i giorni; siete voi che zappate, che seminate, che falciate, che battete e portate il frumento nel granaio, siete voi che fate il vino, l'olio, il formaggio e mi domante come fareste a campare senza signori? Domandate piuttosto come farebbero a campare i signori se non vi fossimo noi poveri imbecilli, lavoranti di campagna e di città, che pensiamo a nutrirli, e a vestirli e... somministriamo loro le nostre figlie, perchè possano divertirsi!

Poco fa, volevate ringraziare i padroni perchè vi dànno da vivere. Non capite che sono essi che campano sulle nostre fatiche e che ogni pezzo di pane che essi mettono in bocca, è tolto ai nostri figliuoli? che ogni regalo che essi fanno alle loro donne, rappresenta la miseria, la fame, il freddo, forse la prostituzione delle donne nostre?

Che cosa producono i signori? niente. Dunque tutto quello che consumano è tolto ai lavoranti.

Figuratevi che domani sparissero tutti i lavoranti di campagna: non vi sarebbe più chi lavora la terra e si morrebbe di fame. Se sparissero i calzolai, non si farebbero scarpe; se sparissero i muratori, non si potrebbe far case, e così via via per ogni classe di lavoranti che venisse a mancare, sarebbe soppresso un ramo della produzione e l'uomo dovrebbe privarsi di oggetti utili e necessarii.

Ma che danno si risentirebbe se sparissero i signori? Sarebbe come se sparissero le cavalette.

Beppe. – Sì, va bene che noi produciamo tutto, ma come ho a fare io a produrre il grano se non ho terra, nè animali, nè semi. Via, te lo dico che non c'è modo: bisogna per forza star soggetti ai padroni.

Giorgio. – O Beppe, c'intendiamo, o non c'intendiamo? Eppure mi pare d'avervelo detto che bisogna levarglielo ai padroni quello che serve a lavorare e a vivere: la terra, gli arnesi, le sementi e tutto.

Lo so anch'io che fino a quando le terre e gli strumenti da lavoro apparterranno ai padroni, il lavorante dovrà star sempre soggetto, e non avrà che schiavitù e miseria. Perciò, tenetelo bene in mente, la prima cosa che bisogna fare è quella di levare la roba ai signori: se no, il mondo non s'accomoda.

Beppe. – Hai ragione, lo avevi già detto. Ma che vuoi, sono cose tanto nuove per me che mi ci perdo.

Ma spiegami un poco come vorresti fare. Questa roba che si leverebbe ai signori, che se ne farebbe? Si farebbe tanto per uno, non è vero?

Giorgio. – No, anzi quando sentite dire che noi vogliamo dividere, che noi ne vogliamo mezzo e cose simili, ritenete pure che chi le dice è un ignorante, o un cattivo.

Beppe. – Ma allora? Io non ci capisco niente.

Giorgio. – Eppure non è difficile; noi vogliamo mettere tutto in comune.

Noi partiamo da questo principio che tutti quanti debbono lavorare e tutti debbono stare il meglio che si può. A questo mondo senza lavorare non si può vivere: perciò se uno non lavorasse, dovrebbe vivere sopra il lavoro degli altri, il che è ingiusto ed è dannoso. Si capisce che quando dico che tutti debbono lavorare, intendo tutti quelli che possono e per quanto possono. Gli storpi, gl'impotenti, i vecchi, debbono essere mantenuti dalla società, perchè è dovere d'umanità di non far soffrire nessuno; e poi, vecchi diventeremo tutti, e storpi o impotenti possiamo diventare da un momento all'altro, tanto noi quanto i nostri più cari.

Ora, se voi riflettete bene, vedrete che tutte le ricchezze cioè tutto ciò che esiste di utile all'uomo si può dividere in due parti. Una parte, che comprende la terra, le macchine e tutti gli strumenti da lavoro, il ferro, il legno, le pietre, i mezzi di trasporto, ecc. è indispensabile per lavorare e deve essere messa in comune, per servire a tutti come strumento e materia da lavoro. In quanto al modo di lavorare poi, è una cosa che si vedrà. Il meglio sarebbe lavorare in comune, perchè così con meno fatica si produce di più: anzi è certo che il lavoro in comune sarà abbracciato dappertutto, perchè per lavorare ognuno da sè bisognerebbe rinunziare all'aiuto delle macchine, che riducono il lavoro a cosa piacevole e leggera, e perchè, quando gli uomini non avranno più bisogno di strapparsi il pane di bocca, non staranno più come cani e gatti, e troveranno piacere a stare insieme e a fare le cose in comune. In ogni modo, anche se in qualche posto la gente volesse lavorare isolatamente, padronissima. L'essenziale è che nessuno viva senza lavorare, obbligando gli altri a lavorare per suo conto, questo non potrebbe più avvenire perchè, ognuno avendo diritto a ciò che serve per lavorare, nessuno certamente vorrebbe lavorare per conto altrui.

L'altra parte comprende le cose che servono direttamente al consumo dell'uomo come alimenti, vestiti e case. Di esse, quelle che già ci sono, debbono senz'altro essere messe in comune e distribuite in modo che si possa andare fino alla nuova raccolta, e aspettare che l'industria abbia nuovi prodotti. Quelle cose poi che saran prodotte dopo la rivoluzione, quando non vi saranno più padroni oziosi che vivono sulle fatiche di lavoranti affamati, si distribuiranno secondo la volontà dei lavoratori di ciascun paese. Se questi vorranno lavorare in comune e mettere ogni cosa in comune sarà il meglio: allora si cercherà di regolare la produzione in modo da assicurare a tutti il massimo godimento possibile, e tutto è detto.

Se no, si terrà conto di quello che ciascuno avrà prodotto, perchè ciascuno possa prendere la quantità di oggetti equivalente al suo prodotto. È un calcolo abbastanza difficile, ch'io credo anzi addirittura impossibile, ma ciò vuol dire che quando si vedranno le difficoltà della distribuzione proporzionale, si accetterà più facilmente l'idea di mettere tutto in comune.

In ogni modo, bisognerà che le cose di prima necessità, come pane, case, acqua e cose simili, sieno assicurate a tutti, indipendentemente dalla quantità di lavoro che ciascuno può fornire. Qualunque sia l'organizzazione adottata, l'eredità non dovrà esistere più perchè non è giusto che uno trovi, nascendo, tutti gli agi, e l'altro la fame e gli stenti, che uno nasca ricco e l'altro povero; e anche se si accettasse l'idea che ognuno è padrone di quello che ha prodotto e che quindi può fare delle economie per suo conto personale, alla sua morte tutte le sue economie ritornerebbe alla massa comune....

I fanciulli intanto dovranno essere allevati ed istruiti a spese di tutti, in modo da procurar loro il massimo sviluppo e la massima capacità possibile. Senza questo non vi sarebbe nè giustizia, nè uguaglianza e sarebbe violato il principio del diritto di ciascuno agli strumenti di lavoro, poichè l'istruzione e la forza fisica e morale sono veri strumenti di lavoro: ed il dare a tutti la terra e le macchine sarebbe una cosa ben insufficiente, se non si cercasse di mettere tutti in grado di servirsene il meglio possibile.

Della donna non ti dirò nulla, perchè per noi la donna deve essere uguale all'uomo, e quando diciamo uomo, intendiamo dire essere umano, senza distinzione di sesso.

Beppe. – C'è una cosa però: levare la roba ai signori, che hanno rubato ed affamato la povera gente, sta bene; ma se uno a forza di lavoro e di economia, fosse riuscito a mettere da parte quattro soldi ed avesse comprato un campicello o aperta una botteguccia, con che diritto potresti levargli quello che è veramente frutto dei suoi sudori?

Giorgio. – La cosa è molto difficile, perchè col proprio lavoro, solo col proprio lavoro, oggi che i capitalisti ed il governo si pigliano il meglio dei prodotti, economie non se ne possono fare; e voi dovreste saperlo, che con tanti anni di assiduo lavoro siete sempre povero come prima. Del resto io vi ho già detto che ognuno ha diritto alla materia prima ed agli strumenti da lavoro, quindi se uno ha un campicello, purchè lo lavori lui, colle sue braccia, se lo può benissimo tenere; anzi gli si daranno gli utensili perfezionati, i concimi e quanto altro gli possa occorrere per trarre dalla terra il maggior utile possibile. Certamente sarebbe preferibile ch'egli mettesse ogni cosa in comune ma per questo non c'è bisogno di forzare nessuno, perchè lo stesso interesse consiglierà a tutti il sistema della comunità. Con la proprietà ed il lavoro comune si starà molto meglio che lavorando da solo, tanto più che, con l'invenzione delle macchine il lavoro isolato diventa, relativamente, sempre più impotente.

Beppe. – Ah! le macchine: quelle sì, che bisognerebbe bruciarle! Sono esse che rovinano le braccia e levano il lavoro alla povera gente. Qui nelle nostre campagne ci si può contar sopra: ogni volta che arriva una macchina il nostro salario è diminuito, e un certo numero di noi resta senza lavoro ed è costretto a partire per andare a morire di fame altrove. In città dev'essere anche peggio. Almeno se non ci fossero le macchine, i signori, avrebbero maggior bisogno dell'opera nostra, e noi si vivrebbe un po' meglio.

Giorgio. – Voi avete ragione, Beppe, di credere che le macchine sono una tra le cause della miseria e della mancanza di lavoro; ma questo avviene perchè esse appartengono ai signori. Se invece appartenessero ai lavoratori sarebbe tutto il contrario; esse sarebbero la causa principale del benessere umano. Infatti le macchine, in sostanza, non fanno che lavorare in vece nostra e più sollecitamente di noi. Per mezzo delle macchine l'uomo non avrà bisogno di lavorare lunghe e lunghe ore per soddisfare ai suoi bisogni, e non sarà più costretto a lavori penosi eccedenti le proprie forze! Cosicchè, se le macchine fossero applicate a tutti i rami della produzione e appartenessero a tutti, si potrebbe, con poche ore di lavoro leggero, sano e piacevole, soddisfare a tutti i bisogni della consumazione, e ciascun operaio avrebbe tempo per istruirsi, coltivare le relazioni d'amicizia, vivere insomma e godere la vita profittando di tutte le conquiste della scienza e della civiltà. Dunque ricordatelo bene, non bisogna distruggere le macchine, bisogna impadronirsene. E poi, badate bene a questo, i signori difenderebbero o meglio farebbero difendere le loro macchine tanto contro chi volesse distruggerle quanto contro chi volesse impadronirsene; dunque, dovendo fare la stessa fatica e correre gli stessi pericoli, sarebbe proprio una sciocchezza il distruggerle invece di prenderle. Distruggereste voi il grano e le case, quando invece ci fosse modo di farle diventare di tutti? Certo che no. Lo stesso deve essere per le macchine, perchè queste, se in mano ai padroni sono tanta miseria e tanta schiavitù per noi, in mano nostra sarebbero invece tanta ricchezza e tanta libertà.

Beppe. – Ma per andar innanzi con questo sistema bisognerebbe lavorar tutti di buona voglia. Non è vero? Giorgio. – Certamente.

Beppe. – E se v'è chi vuole campare a ufo senza lavorare? La fatica è dura, e non piace nemmeno ai cani.

Giorgio. – Voi confondete la società come è oggi e la società come sarà dopo la rivoluzione. La fatica, avete detto voi non piace nemmeno ai cani: ma sapreste voi stare le giornate intere senza far nulla?

Beppe. – Io no, perchè sono avvezzo alla fatica, quando non ho da fare, mi pare che le mani m'impiccino ma ce ne son tanti, che resterebbero tutta la giornata alla osteria a giocare al tresette, o in piazza a fare i vanesii.

Giorgio. – Oggi sì, ma dopo la rivoluzione non sarà più così e vi dico io il perchè. Oggi, il lavoro è pesante mal pagato e disprezzato. Oggi chi lavora si deve ammazzar di fatica, muore di fame, ed è trattato come una bestia. Chi lavora, non ha nessuna speranza e sa che dovrà andare a finire all'ospedale, se non finisce in galera: non può accudire alla sua famiglia, non gode niente della vita e soffre continui maltrattamenti e umiliazioni. Chi non lavora invece gode tutti gli agi possibili, è apprezzato e stimato: tutti gli onori, tutti i divertimenti sono suoi. Anzi fra gli stessi lavoratori, succede che chi lavora meno e fa cose meno pesanti, guadagna di più, ed è più stimato. Che meraviglia dunque se la gente lavora malvolentieri, e se può, non si lascia sfuggire l'occasione di non lavorare?

Quando invece il lavoro fosse fatto in condizioni umane, e per un tempo ragionevolmente corto coll'aiuto delle macchine in condizioni igieniche; quando il lavoratore sapesse ch'egli lavora per il benessere suo, dei suoi cari e di tutti gli uomini, quando il lavoro fosse la condizione indispensabile per essere stimato in società e l'ozioso fosse segnato al pubblico disprezzo come avviene oggi per la spia o per il ruffiano, chi vorrebbe rinunciare alla gioia di sapersi utile ed amato, per vivere in un'inerzia che è poi tanto dannosa al nostro fisico e al nostro morale?

Oggi stesso, meno rare eccezioni, tutti sentono una ripugnanza indicibile, come istintiva, per il mestiere di spia e per quello di ruffiano. Eppure, facendo questi abbietti mestieri si guadagna assai di più che a zappare la terra, si lavora poco o punto, e si è, più o meno direttamente protetti dalle autorità! Ma sono mestieri infami perchè segno di profonda abbiezione morale e perchè non producono che dolori e mali; e quasi tutti preferiscono la miseria all'infamia. Vi sono bensì delle eccezioni, vi sono degli uomini deboli e corrotti che preferiscono l'infamia, ma si tratta sempre di scegliere tra l'infamia e la miseria. Ma chi mai sceglierebbe una vita infame e travagliata quando lavorando, avesse assicurato il benessere e la pubblica stima? Se questo fatto si producesse, sarebbe tanto contrario all'indole normale dell'uomo, che si dovrebbe considerare e trattare come una caso di pazzia qualunque.

E non dubitate, no: la pubblica riprovazione contro l'ozio non mancherebbe di certo, perchè il lavoro è il primo bisogno di una società, e l'ozioso non solo farebbe del male a tutti, vivendo sul prodotto altrui senza contribuirvi coll'opera sua, ma romperebbe l'armonia della nuova società e sarebbe l'elemento di un partito di malcontenti che potrebbe desiderar il ritorno al passato. Le collettività sono come gli individui; amano ed onorano ciò che è, o credono utile, odiano e disprezzano ciò che sanno o credono dannoso; possono ingannarsi, e s'ingannano anche troppo spesso: nel caso nostro l'errore non è possibile, perchè è troppo evidente che chi non lavora, mangia e beve a spese degli altri, e fà danno a tutti.

Fate la prova a mettervi in società con altri per fare un lavoro in comune e dividervene il prodotto in parti eguali; voi usereste dei riguardi al debole ed all'incapace, ma allo svogliato fareste la vita talmente dura che, o vi lascerebbe o si farebbe venir voglia di lavorare. Così avverrà nella grande società, fino a quando la svogliatezza di alcuni potrà produrre un danno sensibile.

E poi, alla fin dei conti, quando non si potesse andare innanzi a causa di quelli che non vogliono lavorare, cosa ch'io credo impossibile, il rimedio sarebbe bello e trovato: si espellerebbero dalla comunanza e così, ridotti ad avere solo il diritto alla materia prima ed agli strumenti del lavoro, sarebbero costretti a lavorare, se volessero vivere.

Beppe. – Mi persuade... ma dimmi, allora tutti dovrebbero zappare la terra?

Giorgio. – Perchè? L'uomo non ha soltanto bisogno di pane, di vino e di carne: gli occorrono le case, i vestiti, le strade, i libri, insomma tutto quello che i lavoranti di qualsiasi mestiere producono: e nessuno può provvedere da sè a tutto ciò che gli occorre. Già soltanto per lavorare la terra, non v'è forse bisogno del magnano e del legnaiuolo per fare gli utensili, e del minatore per scavare il ferro, del muratore per far la casa ed i magazzini e così via discorrendo? Dunque non si tratta di lavorare tutti la terra, ma di lavorare tutti e far cose utili.

La varietà dei mestieri farà sì che ognuno potrà scegliere quello che conviene meglio alle sue inclinazioni, e così, almeno per quanto è possibile il lavoro non sarà più per l'uomo che un esercizio, un divertimento ardentemente desiderato.

Beppe. – Dunque, ognuno sarà libero di scegliere il mestiere che vuole?

Giorgio. – Certamente, avendo cura però che le braccia non si accumulino in dati mestieri, scarseggiando in altri. Siccome si lavora nell'interesse di tutti, bisogna far in modo che si produca tutto ciò che occorre, conciliando quanto più l'interesse generale con le predilezioni individuali.

Voi vedrete che tutto si accomoderà per bene, quando non vi saranno più i padroni che ci fanno lavorare per un tozzo di pane, senza che abbiano da occuparci per che cosa serve ed a chi il nostro lavoro.

Beppe. – Tu dici che tutto s'accomoderà: ed io credo invece che nessuno vorrà fare i mestieri pesanti, anzi tutti vorranno fare gli avvocati e i dottori. A zappare allora chi ci andrà? chi vorrà rischiare la salute e la vita in una miniera, chi vorrà confondersi coi pozzi neri e coi concimi?

Giorgio. – In quanto agli avvocati lasciateli star da parte, perchè quella è una cancrena simile al prete, che la rivoluzione sociale farà sparire completamente. Parliamo dei lavori utili e non già di quelli fatti a danno del prossimo: se no diventa lavoratore anche l'assassino di strada, che spesso deve sopportare grandi sofferenze.

Oggi preferiamo un mestiere ad un altro non già perchè esso sia più o meno adatto alle nostre facoltà più o meno corrispondente alle nostre inclinazioni, ma perchè ci è più facile apprenderlo, perchè guadagniamo e speriamo di guadagnare di più, perchè speriamo trovarvi più facilmente lavoro, ed in linea secondaria soltanto, perchè quel dato lavoro può essere meno pesante in un altro. Soprattutto poi la scelta ci è imposta dalla nascita, dal caso e dai pregiudizi sociali.

Per esempio, il mestiere di zappatore, un mestiere al quale oggi nessun cittadino si piegherebbe, nemmeno quelli che soffrono la miseria. Eppure l'agricoltura non ha niente di ripugnante in sè, nè la vita dei campi è priva di piaceri. Al contrario, se tu leggi i poeti li trovi tutti pieni di entusiasmo per la vita campestre. Ma la verità è che i poeti, che stampano libri, la terra non l'hanno zappata mai, e quelli che la zappano davvero si ammazzano di fatica, muoiono di fame, vivono peggio delle bestie, e sono calcolati come gente da nulla, tanto che l'ultimo vagabondo di città, si stima offeso a sentirsi chiamare contadino. Come volete voi che la gente lavori volentieri la terra? Noi stessi che ci siamo nati, smettiamo non appena ne abbiamo le possibilità, perchè qualunque cosa ci mettiamo a fare, stiamo meglio e siamo più rispettati. Ma chi di noi lascerebbe i campi, se lavorasse per proprio conto e trovasse nel lavoro della terra benessere, libertà e rispetto?

Così avviene per tutti i mestieri, perchè il mondo oggi è fatto così, che quanto più un lavoro è necessario, quanto più è faticoso, tanto più è mal pagato, disprezzato e fatto in condizioni disumane. Per esempio, andate in un'officina di orefice e troverete che almeno in paragone cogl'immondi abituri in cui viviamo noi, il locale è pulito, ben aereato e riscaldato l'inverno, che il lavoro giornaliero non è enormemente lungo e gli operai, per quanto siano mal pagati perchè il padrone leva anche loro il meglio del prodotto, pure relativamente ad altri lavoratori, stanno discretamente. La sera poi e la festa, quando hanno smesso l'abito del lavoro, vanno dove vogliono senza pericolo che la gente li guardi dietro e li beffeggi. Invece, andate in una miniera, vedrete della povera gente che lavora sotto terra in un'aria pestilenziale, e consuma in pochi anni la vita per un salario derisorio; e se poi, fuori del lavoro, il minatore si permettesse di andare dove bazzicano i signori, sarebbe fortunato se se la cavasse con le beffe soltanto. Come meravigliarsi allora se uno fa piuttosto l'orefice che il minatore?

Non vi dico niente poi di quelli che non maneggiano altri utensili che la penna. Figuratevi! uno che magari non sa far altro che sciarade, freddure e sonetti sdolcinati guadagna dieci volte più di un contadino, ed è stimato al di sopra di ogni onesto lavoratore.

I giornalisti, per esempio, lavorano in sale eleganti; i calzolai in luridi sottoscala; gl'ingegneri, i medici, gli artisti, i professori quando hanno lavoro e sanno bene il loro mestiere, stanno come signori, i muratori, gli infermieri, gli artigiani, e puoi aggiungere, a dire il vero, anche i medici condotti ed i maestri elementari, muoiono di fame anche ammazzandosi dal lavoro. Non voglio dire con questo, bada bene, che soltanto il lavoro manuale sia utile, chè al contrario lo studio dà all'uomo il modo di vincere la natura e di civilizzarsi e guadagnare sempre più in libertà e benessere, ed i medici, gl'ingegneri, i chimici, i maestri sono utili e necessari nella società umana quanto i contadini e gli altri operai. Io dico soltanto che tutti i lavori utili debbono essere egualmente apprezzati, e fatti in modo che il lavoratore vi trovi eguale soddisfazione a farli: e che i lavori intellettuali, i quali sono per loro stessi un gran piacere e che danno all'uomo una grande superiorità su chi non lavora colla mente e resta ignorante, debbono essere accessibili a tutti, e non già restare il privilegio di pochi.

Beppe. – Ma, se tu stesso dici che il lavorare colla mente è un gran piacere e dà un vantaggio su quelli che sono ignoranti, è chiaro che tutti vorranno studiare, ed io per primo. E allora i lavori manuali chi li farebbe?

Giorgio. – Tutti, perchè tutti, nello stesso tempo che coltiveranno le lettere e le scienze, dovranno fare anche un lavoro manuale; tutti devono lavorare colla testa e colle braccia. Queste due specie di lavoro, lungi dal nuocersi, si aiutano, perchè l'uomo per star bene ha bisogno di esercitare tutti i suoi organi, il cervello al pari dei muscoli. Chi ha l'intelligenza sviluppata ed è abituato a pensare, riesce meglio anche nel lavoro manuale; e chi sta in buona salute, come si sta quando si esercitano le braccia in condizioni igieniche, ha anche la mente più sveglia e più penetrante.

Del resto, poichè le due specie di lavoro sono necessarie, ed una di esse è più piacevole dell'altra ed è il mezzo col quale l'uomo acquista coscienza e dignità, non è giusto che una parte degli uomini sia condannata all'abbrutimento del lavoro esclusivamente manuale, per lasciare ad alcuni soltanto il privilegio della scienza e quindi del comando; per conseguenza, lo ripeto, tutti debbono fare e i lavori manuali e i lavori intellettuali.

Beppe. – Anche questa la capisco; ma, tra i lavori manuali ci saranno sempre quelli pesanti e quelli leggeri, quelli belli e brutti. Chi vorrà per esempio, andare a fare il minatore, e a vuotare i cessi?

Giorgio. – Se voi sapeste, caro Beppe, quante invenzioni e quanti studii si sono fatti e si stanno facendo, voi capireste che oggi, quando l'organizzazione del lavoro non dipendesse più da coloro che non lavorano e che per conseguenza badano soltanto all'utile proprio senza curarsi del benessere dei lavoratori, tutti i mestieri manuali si potrebbero fare in modo che non avessero più nulla di ripugnante, di malsano e di troppo faticoso. Quindi si troverebbero sempre dei lavoratori che volontariamente li preferiscono. E questo è oggi. Figuratevi poi quello che sarebbe quando, dovendo lavorar tutti, le premure e gli studi di tutti fossero diretti a rendere il lavoro meno pesante e più piacevole!

E quand'anche vi fossero dei mestieri che persistessero ad essere più duri degli altri, si cercherebbe di compensare le differenze mediante speciali vantaggi: senza contare che quando si lavora tutti in comune per il comune vantaggio, nasce quello spirito di fratellanza e di condiscendenza, come in una famiglia, in modo che piuttosto che litigare per risparmiar fatica, ognuno cerca di prendere per sè le cose più faticose.

Beppe. – Tu hai ragione, ma se tutto questo non avviene, come si farà?

Giorgio. – Ebbene, se malgrado tutto vi restassero dei lavori necessarii, che nessuno volesse fare per propria elezione, allora li faremmo tutti, un po' per ciascuno, lavorandovi per esempio, un giorno nel mese, o una settimana nell'anno, o altrimenti. E se davvero è una cosa necessaria a tutti, state tranquillo, si troverà sempre il modo di farla. Non facciamo oggi i soldati per piacere degli altri e non andiamo a combattere contro gente che non conosciamo e non ci ha fatto alcun male, o contro i nostri stessi fratelli e amici? Sarà meglio, mi pare, fare i lavoranti per piacer nostro e per bene di tutti.

Beppe. – Tu non sai che incominci a persuadermi? Però c'è qualche cosa che non m'entra ancora bene. Quell'affare di levare la roba ai signori... non so ma... non se ne potrebbe fare a meno?

Giorgio. – E come volete fare? Fino a che sta tutto in mano ai signori, saranno essi che comanderanno e faranno il loro interesse senza curarsi di noi, come hanno fatto da che mondo è mondo. Ma, poi perchè non vi c'entra di levare la roba ai signori? Credete forse che sarebbe una cosa ingiusta, una cattiva azione?

Beppe. – No: veramente dopo quello che mi hai detto, mi pare invece che sarebbe una santa cosa, perchè levando la roba ai signori ripiglieremmo il sangue nostro che essi ci succhiano da tanto tempo.. E poi, se la leviamo a loro non è già per pigliarcela noi: è per metterla in comune e per fare stare tutti bene, non è vero?

Giorgio. – Senza dubbio, anzi se voi considerate bene la cosa vedrete che gli stessi signori ci guadagnerebbero. Certamente dovrebbero smettere di comandare, di fare i prepotenti e gli oziosi. Dovrebbero lavorare, ma il lavoro, quando fosse fatto coll'aiuto delle macchine e con grande cura del benessere dei lavoratori, si ridurrebbe ad un lieve e piacevole esercizio. Non vanno a caccia ora i signori? Non fanno le corse, la ginnastica e tanti esercizi che dimostrano che il lavoro muscolare è una necessità ed un piacere per tutti gli uomini che sono sani e mangiano bene? Si tratta dunque di fare per la produzione quel lavoro che fanno oggi per un puro divertimento. E quanti vantaggi non risentirebbero i signori stessi dal benessere generale e dalla progredita civiltà! Guardate per esempio nel nostro paese: quei pochi signori che ci sono, sono ricchi, fanno i principotti: ma intanto le strade sono brutte e sporche per loro come per noi; l'aria cattiva che esce dalle nostre case e dai pantani delle vicinanze ammorba anche loro; il colera che viene per la miseria di genti lontane e si propaga per la miseria nostra, colpisce spesso anche loro; la nostra ignoranza fa sì che essi pure s'abbrutiscano. Come potrebbero fare colle loro ricchezze private a bonificare il paese, a far le strade ed illuminarle? Come eviterebbero le adulterazioni dei generi di consumo? Come potrebbero usufruire di tutti i progressi della scienza e dell'industria? Tutte cose che quando fossero fatte col concorso di tutti si farebbero facilissimamente. E la loro stessa vanità, come può essere soddisfatta quando la loro società si restringe in pochi?

E tutto questo, senza contare il pericolo continuo di una schioppettata che arrivi loro di dietro a una siepe e la paura di una rivoluzione, e il pensiero di una disgrazia che li riduca alla miseria ed esponga le loro famiglie alla fame, al delitto, alla prostituzione, come vi sono esposte le nostre? Dunque vedete bene che non solo, col levare la roba ai signori, noi non lediamo i loro diritti, ma facciamo loro un gran bene.

È vero che i signori non la capiscono e non la capiranno mai, perchè vogliono comandare, e credono che i poveri siano fatti di un'altra pasta; ma che ci possiamo fare noi? Se non ci vogliono accomodare colle buone tanto peggio per loro: ci accomoderanno colle cattive.

Beppe. – Queste sono sante verità; ma è una cosa difficile assai a farsi. Non si potrebbe cercare di fare le cose d'accordo, a poco a poco? Lasciamo la roba a quelli che l'hanno, a patto che aumentino le paghe e ci trattino come uomini. Così gradatamente potremmo mettere da parte qualche cosa, comprare anche noi un pezzo di terra al sole, e poi quando fossimo proprietari tutti, mettere ogni cosa in comune e far come dici tu. Ho inteso una volta, che si diceva qualche cosa di simile.

Giorgio. – Sentite: per fare le cose d'accordo non ci sarebbe che un solo mezzo, quello che i proprietari si persuadessero a rinunciare alle loro proprietà: perchè è certo che quando uno dà una cosa non si ha bisogno di levargliela per forza. Ma a questo non c'è da pensarci, voi lo sapete.

Fino a che vi sarà la proprietà individuale, cioè fino a che la terra e tutto il resto, invece di appartenere a tutti, apparterrà a Tizio o a Sempronio, vi sarà sempre miseria, anzi più si andrà innanzi e più si starà male. Colla proprietà individuale ognuno cerca di tirar l'acqua al suo mulino, ed i proprietari non solo cercano di dare al lavorante il meno che possono, ma si fanno la guerra anche tra di loro. In generale ognuno cerca di vendere la sua mercanzia, il più che può, e ogni compratore da parte sua cerca di comprare al minor prezzo possibile. Allora che succede? I proprietari, i fabbricanti, i negozianti più ricchi, siccome hanno mezzi per fabbricare e comprare all'ingrosso, per provvedersi di macchine, per profittare di tutte le condizioni favorevoli che si producono sul mercato, e per aspettare, ove occorra, il momento opportuno per la vendita, o magari per vendere a perdita per qualche tempo, finiscono col ridurre alla liquidazione o al fallimento i proprietari ed i negozianti più deboli, i quali di mano in mano cadono in povertà e devono, essi o i loro figli, andare a lavorare a giornata, così (è una cosa che si vede ogni giorno) i padroni che lavorano da soli o con pochi operai, in piccole officine debbono, dopo una lotta dolorosa, chiuder bottega e andare a cercare lavoro nelle grandi fabbriche: i piccoli proprietari, che non riescono nemmeno a pagar le tasse debbono vendere casa e campicello ai grandi proprietari, e così via via. In modo che se qualche proprietario di buon cuore volesse migliorare la condizione dei suoi lavoranti, egli non farebbe altro che mettersi in condizioni da non poter più sostenere la concorrenza e dover fallire.

D'altra parte i lavoranti, spinti dalla fame, debbono farsi la concorrenza tra di loro, e siccome ci sono più braccia disponibili che richieste di lavoro (non già perchè il lavoro non occorrerebbe, ma perchè i padroni non hanno interesse a far lavorare di più) così debbono strapparsi il pane di bocca l'un l'altro, e se tu lavori per guadagnare due, trovi sempre quello che lavorerebbe pur di guadagnare uno.

In tal modo, ogni progresso diventa una disgrazia. Si inventa una nuova macchina: subito resta senza lavoro un gran numero di operai, i quali non guadagnando, non possono consumare, e quindi indirettamente levano il lavoro ad altri ancora. In America si mettono a coltura molte terre e si produce molto grano; i proprietari di là senza occuparsi, questo s'intende, se in America la gente mangia secondo il proprio appetito, per guadagnare di più mandano il grano in Europa. Qui il grano ribassa, ma i poveri, invece di star meglio, stanno peggio, perchè i proprietari, non trovandovi più la loro convenienza con il grano così a buon mercato, non fanno più coltivare la terra, oppure fanno coltivare solo quella piccola parte dove il suolo è più produttivo, e perciò gran parte dei contadini restano disoccupati. Il pane costa poco, è vero, ma la povera gente non guadagna nemmeno quei pochi, che ci vogliono per comprarlo.

Beppe. – Ah! ora capisco. Io avevo inteso dire che non volevano far venire il grano da fuori, e mi sembrava una birbonata il rifiutare così la grazia di Dio; credevo che i signori volessero affamare il popolo. Ma ora veggo che la loro ragione l'avevano.

Giorgio. – No, no, perchè, se il grano non viene, è male per un altro verso. I proprietari allora, non temendo la concorrenza estera, vendono la roba quanto piace a loro e...

Beppe. – Dunque?

Giorgio. – Dunque? dunque l'ho detto: bisogna mettere tutto in comune a beneficio di tutti. Allora, più roba c'è, e più si sta bene. Se s'inventano nuove macchine, o si fabbrica di più o si lavora meno, secondo i casi, ed è sempre tanto di guadagnato; e se in un paese hanno, per esempio troppo grano e ce lo mandano a noi e noi mandiamo agli altri quelle cose che avanzano a noi, sarà tutto benessere acquistato per noi e per gli altri.

Beppe. – O dimmi un po'... e se si facesse a mezzo coi proprietari? Essi metterebbero la terra e il capitale e noi il lavoro: e poi si spartirebbe il prodotto. Che ne dici?

Giorgio. – Prima di tutto dico che se vorreste spartire voi, non vorrebbe spartire il vostro padrone. Bisognerebbe adoperar la forza, e tanto ci vorrebbe per obbligarlo a spartire, quanto per fargli lasciar tutto. Allora, perchè fare le cose a mezzo e contentarsi di un sistema che lascia sussistere l'ingiustizia e il parassitismo, e che inceppa l'aumento generale della produzione, che è pure una cosa tanto necessaria?

Poi domando, con che diritto alcuni uomini, senza lavorare, si dovrebbero prendere la metà di quello che producono i lavoratori?

E, come vi ho detto, non solo bisognerebbe dare la metà del prodotto ai padroni ma lo stesso prodotto totale sarebbe di molto inferiore a quello che potrebbe essere, perchè quando esiste la proprietà individuale, la produzione è inceppata e fuorviata dall'interesse privato, dalla concorrenza e dalla mancanza di organizzazione, e così si viene a produrre molto meno di quel che si farebbe quando il lavoro fosse fatto in comune e guidato dall'interesse generale dei produttori e dei consumatori. È la stessa cosa che per alzare un masso: cento uomini si provano uno dopo l'altro e non ci riescono, nè ci riuscirebbero se si mettessero tutti insieme ma ognuno tirasse per proprio conto e cercasse di contrariare gli sforzi degli altri.

Invece due o quattro persone, che agiscono contemporaneamente combinando i loro sforzi e servendosi di leve ed altri arnesi opportuni, lo alzano senza fatica. Se uno si mette a fare uno spillo, che sa se ci riesce in un'ora; dieci uomini insieme ne fanno migliaia e migliaia per giorno. E più si va innanzi più si scoprono macchine, e più il lavoro deve esser fatto in comune, se si vogliono mettere a profitto i nuovi progressi.

A questo proposito voglio rispondere ad una obiezione che ci fanno molto sovente.

Gli economisti (che sono certa gente, la quale pagata o no, mette insieme, sotto il nome di scienza una quantità di corbellerie e di menzogne per dimostrare che i signori hanno diritto di vivere sul lavoro degli altri), gli economisti e tutti i sapientoni a pancia piena dicono spesso che non è vero che la miseria c'è a causa che i proprietari si pigliano ogni cosa per loro, ma perchè i prodotti sono pochi, e non bastano per fare star tutti bene. Dicono così per concludere che della miseria nessuno ci ha colpa, e che non occorre nè giova rivoltarsi. Il prete vi tiene docili e sommessi, dicendovi che tale è la volontà di Dio; gli economisti dicono che tale è la legge di natura. Ma non ci credete, è vero bensì che i prodotti attuali dell'agricoltura e dell'industria sarebbero insufficienti per dare a tutti un nutrimento buono ed abbondante e tutti quegli agi di cui oggi godono appena pochissimi; ma questo è colpa dell'attuale sistema sociale, soltanto i padroni non si curano dell'interesse generale, e fanno produrre soltanto quando ci hanno il loro tornaconto, e spesso distruggono anche le cose prodotte per evitare il ribasso dei prezzi. Infatti, non vedete che mentre dicono che c'è poca roba poi lasciano tante terre incolte e tanti operai senza lavoro?

Ma ecco che vi rispondono che anche se tutte le terre fossero a coltura e tutti gli uomini lavorassero coi migliori sistemi conosciuti, la miseria ritornerebbe lo stesso, perchè, la produttività della terra essendo limitata, e gli uomini potendo fare un numero maggiore di figli, si arriverebbe presto a un punto in cui la produzione dei generi alimentari resterebbe stazionaria, mentre la popolazione crescerebbe indefinitivamente, e la carestia con essa. Perciò, dicono, l'unico rimedio ai mali sociali è che i poveri non facciano figli, o facciano soltanto quei pochi, che possono allevare discretamente.

Molto ci sarebbe da discutere su questa questione in quanto riguarda il lontano avvenire. V'è chi sostiene, e con buone ragioni, che l'aumento della popolazione trova un limite nella natura stessa, senza che vi sia bisogno di ricorrere a freni artificiali, volontari o no. Pare che collo svilupparsi della razza, coll'elevarsi delle facoltà intellettuali, coll'emancipazione della donna e col crescere del benessere i bisogni generativi naturalmente diminuiscono. Ma queste sono questioni che oggi non hanno nessuna importanza pratica, e nessun legame colle cause attuali della miseria.

Oggi non è questione di popolazione, ma questione di organizzazione sociale; ed il rimedio di non far figliuoli non rimedierebbe proprio nulla. Infatti vediamo che nei paesi dove la terra è abbondante e la popolazione è scarsa, data ogni altra condizione eguale, vi è tanta miseria quanta nei paesi in cui la popolazione è densa, e spesso anche di più. Oggi la produzione, malgrado tutti gli ostacoli derivanti dalla proprietà privata, cresce più rapidamente della popolazione, e l'inasprirsi della miseria dipende dalla sovrabbondanza di produzione, relativamente ai mezzi di consumo che hanno i poveri. E voi vedete che gli operai restano a spasso perchè i magazzini sono pieni dei generi che essi hanno prodotto, e che non trovano compratori. Le terre che già erano in coltura sono lasciate incolte o rimesse a bosco, perchè c'è troppo grano, i prezzi ribassano e i proprietari non trovano più convenienza a far coltivare, nulla curandosi che i contadini restino senza lavoro e senza pane.

Dunque bisogna prima di tutto cambiare l'organizzazione sociale, mettere tutta la terra a coltura, organizzare la produzione e la consumazione nell'interesse di tutti, lasciare campo libero all'attuazione di tutti i processi conseguiti o da conseguirsi, occupare tutta la immensa parte del mondo ancora disabitata o quasi: – e quando poi, malgrado tutte le previsioni ottimistiche, si vedesse che realmente la popolazione tende a diventare troppo numerosa, allora solo sarebbe il caso per gli uomini che vivranno in quell'epoca di pensare ad imporsi un limite nella procreazione. Ma questo limite dovrebbero imporsi tutti, senza eccezione per un piccolo numero di uomini, i quali, non contenti di vivere nell'abbondanza col lavoro degli altri, vorrebbero, soli, avere il diritto illimitato di far figli. Del resto, fino a che vi saranno poveri, questi il limite nella procreazione non se lo imporranno mai sia perchè non hanno altra gioia che quella di generare sia perchè non possono pensare alla scarsezza assoluta dei prodotti, quando hanno sotto gli occhi una causa più immediata di miseria, cioè il padrone si fa la parte del leone. Più uno è disgraziato, più uno è incerto del domani, e più è naturalmente imprevidente e non curante. Solo quando tutto sarà di tutti, e tutti soffrissero egualmente se vi fosse scarsezza di alimenti, solo allora gli uomini potranno, ove sia necessario, imporsi volontariamente un limite, che nessun potere umano riuscirebbe ad imporre per forza.

Ma torniamo alla questione della divisione del prodotto fra il proprietario ed il lavoratore. Che cosa dareste a quelli che non hanno lavoro? I proprietari, fino a che sono proprietarii, non possono essere obbligati ad impiegare la gente di cui non hanno bisogno!

Questo sistema che è chiamato partecipazione o mezzadria, esisteva altra volta, per il lavoro dei campi in molte parti dell'Europa meridionale, e ancora oggi esiste in qualche parte d'Italia, come in Toscana. Ma a poco a poco è andato sparendo e sparirà anche in Toscana perchè i proprietari trovano più vantaggio a far lavorare a giornata. Oggi, poi, colle macchine, coll'agricoltura scientifica e colla roba che viene di fuori, adottare la grande coltura coi lavoranti a salario è diventato per i proprietari una vera necessità; e quelli che non lo faranno a tempo saranno ridotti alla miseria dalla concorrenza.

In conclusione, per non farvela più lunga, se si continua con il sistema attuale, si arriverà a questi risultati: la proprietà si concentra sempre più in mano a pochi, e il lavorante è gradatamente gettato sul lastrico dalle macchine e dai metodi accelerati di produzione. Così avremo pochi grossi signori padroni del mondo, pochi lavoranti addetti al servizio delle macchine, e poi domestici e birri per servire a difendere i signori. La massa, o morirà di fame, o vivrà di elemosina. S'incomincia a vedere fin da ora: la piccola proprietà sparisce, gli operai senza lavoro aumentano, ed i signori, per paura o per pietà di tutta questa gente che morrebbe di fame, organizzano le cucine economiche ed altre opere di beneficienza.

Se il popolo non vorrà esser ridotto a mendicare un piatto di minestra alla porta dei signori e del municipio come altra volta alla porta dei conventi, non ha che un mezzo: impossessarsi delle terre e delle macchine, e lavorare per proprio conto1.

Beppe. – Ma se il governo facesse delle buone leggi per obbligare i signori a non far soffrire la povera gente?

Giorgio. – Siamo sempre da capo. Il governo è composto da signori, e non c'è dubbio che i signori vogliono far delle leggi contro di loro. E quando giungessero a comandare i poveri, perchè far le cose a mezzo e lasciare ai signori tanto in mano da poter poi rimetterci il piede sul collo? Perchè, voi lo capite bene, dovunque vi sono ricchi e poveri, i poveri possono schiamazzare un momento, in tempo di sommossa: ma poi sono sempre i ricchi che finiscono per comandare. Perciò se riusciamo ad esser per un momento i più forti, leviamo subito la roba ai ricchi, e così questi non avranno più il mezzo di far ritornare le cose come prima.

Beppe. – Ho bell'è capito. Bisogna fare una buona repubblica. Fra tutti pari, e poi chi lavora mangia e chi non lavora si gratta la pancia... Ah! mi dispiace che son vecchio. Beati voi giovanotti che vedrete quei bei tempi.

Giorgio. – Adagio, amico. Voi per Repubblica intendete rivoluzione sociale, e quindi, per chi sa comprendere il vostro pensiero avete perfettamente ragione. Ma vi esprimete molto male, perchè repubblica non significa niente affatto quello che intendete voi. Mettetevi in mente che la repubblica è un governo tale e quale come quello che ci sta ora, solamente invece di un re ci sta un presidente, o magari non ci sta nemmeno il presidente e fanno ogni cosa i ministri. Levato il re, il governo si chiama sempre repubblica, ci fosse pure l'inquisizione, la tortura, la schiavitù! Se poi volete la repubblica bella bella come dicono di volerla fare in Italia, alla soppressione del re dovete aggiungere i seguenti cambiamenti: invece di due camere, ce ne sarà una sola, cioè solamente quella dei deputati, ed il voto, invece di darlo solamente quelli che hanno quattrini o sanno leggere e scrivere, lo daranno tutti.

E non c'è altro sapete, perchè tutto il resto, come per esempio quello di non fare più il soldato, il pagar poche tasse, di aver molte scuole, di proteggere i poveri sono tutte promesse che saranno mantenute... se piacerà ai signori deputati. E in quanto a promettere non c'è bisogno dei repubblicani, perchè anche ora, quando i candidati hanno bisogno di essere eletti, promettono mari e monti, e poi, dopo eletti, chi s'è visto s'è visto.

D'altronde sono tutte chiacchere: fino a quando ci saranno ricchi e poveri, comanderanno sempre i ricchi. Ci sia la repubblica o la monarchia, i fatti che derivano dalla proprietà individuale saranno sempre gli stessi. La concorrenza regola tutti i rapporti economici quindi la proprietà si concentra in poche mani, le macchine sostituiscono gli operai, e le masse saranno ridotte, come vi ho detto, a morire di fame o a vivere di elemosina.

E poi già si vede. Di repubbliche ce ne sono state e ce ne stanno tante, e mai hanno apportato un miglioramento nelle condizioni del popolo.

Beppe. – Guarda, guarda che sento! ed io che credevo che la repubblica significasse che si deve essere tutti eguali!

Giorgio. – I repubblicani dicono così, e si poggiano su questo argomento. In repubblica, essi dicono, i deputati che fanno leggi, sono eletti da tutto il popolo; perciò quando il popolo non è contento, manda deputati migliori e tutto s'accomoda; anzi siccome i poveri sono la gran maggioranza, in fondo sono essi che comandano. Ma il vero fatto è tutt'un altro. I poveri, i quali appunto perché poveri sono anche ignoranti e superstiziosi, votano come vogliono i preti ed i padroni, e voteranno sempre così, fino a che non avranno indipendenza economica, e coscienza chiara dei loro interessi.

Voi ed io, se avessimo avuto la straordinaria fortuna di guadagnare qualche cosa di più e di poterci istruire un poco, potremmo avere la capacità di comprendere il nostro interesse, e la forza di affrontare la vendetta dei padroni; ma la grande massa, fino a che continuerà la condizione presente, no: – ed in faccia all'urna non è come in rivoluzione, che un uomo coraggioso e intelligente vale cento uomini timidi, e trascina dietro di sè tanti che non avrebbero mai avuto da loro stessi energia di rivoltarsi. In faccia all'urna quel che conta è il numero, e fino a quando vi saranno preti, padroni e governi, il numero sarà sempre dei preti, che dispensano l'inferno ed il paradiso, pei padroni che danno e tolgono il pane a chi vogliono, e pel governo che ha i gendarmi per intimidire e gl'impieghi per corrompere.

E non lo sapete? Anche oggi in sostanza, la maggior parte degli elettori sono poveri; eppure come fanno quando debbono votare? nominano forse dei poveri, che conoscono e vogliono difendere il loro interesse?

Beppe. – Che! questo si sa: domandano al padrone per chi debbono votare e fanno come il padrone vuole, d'altronde se non fanno così, il padrone li manda via.

Giorgio. – Dunque lo vedete. Che cosa volete quindi sapere dal voto universale? Il popolo manderà al parlamento i signori e questi sapranno fare in modo da tenere il popolo sempre ignorante e schiavo come adesso; e quando vedessero che con la repubblica non ci riescono, tengono tutto in mano per poterla fare andare presto a capitombolo.

Perciò non v'è che un mezzo solo: espropriare i signori e dare tutto al popolo. Quando il popolo vedrà che tutto è roba sua, e che spetta a lui ormai il sapersi accomodare per star bene, allora la roba se la saprà godere, e se la saprà anche guardare.

Beppe. – Lo credo io! Ma però i contadini non intendono la repubblica come tu dici che sia. Anzi adesso capisco che quello che noi chiamiamo repubblica è la stessa cosa che voi chiamate anarchia. Ma non si potrebbe tirare innanzi col nome di repubblica? Che c'importa dei nomi! l'essenziale è che ci facciano le cose come vanno fatte.

Giorgio. – Quel che voi dite è giusto. Però vi è un pericolo grande. Se il popolo continua a credere che la repubblica è un bene per lui, quando arriverà il giorno che non ne potrà più e farà la rivoluzione, i repubblicani lo contenteranno subito, proclamando la repubblica, e dicendo che ormai si può tornare a casa e pensare a nominare i deputati, perchè tutto presto sarà accomodato.

Il popolo, credulo come sempre, lascierà i fucili e si sfogherà in suoni, canti e baldorie. Intanto i signori si faranno tutti repubblicani, diventeranno tutto cuore per il popolo, dispenseranno un po' di quattrini, un po' di vino e di molte feste, pagheranno un poco meglio i lavoranti, e si faranno mandare al potere. Poi, a poco a poco, lasceranno calmare la tempesta e prepareranno le forze per tenere a freno il popolo, il quale un giorno si accorgerà che ha sparso il suo sangue per gli altri, e che sta peggio di prima.

Invece, siccome avviene molto di rado che il popolo si ribelli e riesca vincitore, bisogna che esso profitti della prima occasione, e applichi subito il comunismo non dando ascolto a promesse, pigliando direttamente possesso della roba, occupando le case, la terra e le officine. E chi parlerà di repubblica dovrà essere trattato come nemico: se no succede un'altra volta come nel '59 e nel '60.

Le parole, pare che contino poco, ma è sempre con le parole che hanno burlato ed ingannato il popolo!

Beppe. – Hai ragione: siamo stati tante volte sacrificati, ed ora bisogna aprire bene gli occhi.

Ma però, un governo ci vuole sempre. Se non c'è qualcuno che comanda, come si fa ad andare innanzi?

Giorgio. – E a che serve l'essere comandati? Perchè non potremmo fare da noi gl'interessi nostri?

Chi comanda fa sempre il comodo suo, e sempre, sia per ignoranza, sia per malvagità, tradisce il popolo. Il potere fa montare i fumi al cervello anche ai migliori; e poi bisogna, ed è forse la ragione principale per non voler comando, bisogna, dico, che gli uomini cessino di essere pecore e si abituino a pensare ed a sentire fieramente della loro dignità e della loro forza. Il comando degli uni educa gli altri all'obbedienza; e, se anche si potesse avere un governo buono, esso sarebbe più corruttore, più debilitante che un governo cattivo: e, durante il dominio suo o dei suoi immediati successori sarebbe più facile che mai un colpo di stato, che distrugga i miglioramenti acquisiti, ristabilendo privilegi e tirannie. Per educare il popolo alla libertà ed alla gestione dei suoi interessi, bisogna lasciarlo fare da sè; fargli sentire la responsabilità dei suoi atti nel bene o nel male che gliene deriva. Farà male molte cose e spesse volte, ma, dalle conseguenze che ne risentirà, capirà che ha fatto male, tenterà nuove vie: senza contare che il male che può fare un popolo abbandonato a se stesso, non è che la millesima parte di quello che fa il più benigno dei governi. Perchè un bambino impari a camminare bisogna lasciarlo camminare, e non spaventarsi di qualche urto e qualche caduta.

Beppe. – Sì, ma perchè il bambino possa esser messo a camminare, bisogna che una certa forza nelle gambe ce l'abbia di già, se no deve stare ancora in braccio alla mamma.

Giorgio. – È vero; ma i governi non somigliano niente affatto alle mamme, e non sono essi che migliorano e fortificano il popolo; anzi i progressi sociali si compiono, quasi sempre, contro o malgrado il governo. Questo, tutto al più, traduce in legge quello che è diventato bisogno e volontà della massa, e lo guasta sempre per spirito di dominio o di monopolio. Ci sono dei popoli più o meno avanzati; però in qualunque stadio della civiltà, anche in quello della selvaggeria, il popolo farebbe i suoi interessi sempre meglio di quello che glieli faccia il governo, che esce dal suo seno.

Voi supponete a quel che sembra, che il governo sia composto dai più intelligenti e dai più capaci, e ciò non è punto vero, perchè in generale i governi sono composti direttamente e per delegazione, da coloro che hanno più quattrini. Ma anche se fosse, forse che la gente intelligente diventa tale perchè va al governo? Quelli che hanno maggiori capacità se lasciati in mezzo al popolo le eserciteranno a vantaggio del popolo; se messi al governo, non sentendo i bisogni del popolo, trascinati ad occuparsi più degl'interessi creati dalla politica, cioè dal desiderio di reggersi al potere, che dei bisogni reali della società; corrotti dalla mancanza di emulazione e di controllo; distratti spesso dal ramo di attività in cui avevano una competenza reale per dettar leggi sopra cose in cui prima non avevano nemmeno inteso parlare, finiranno anche i più intelligenti ed i migliori, col credersi di natura superiore, col costituirsi in casta e coll'occuparsi del popolo solo quanto basta per sfruttarlo e tenerlo a freno.

Sarebbe dunque meglio e più sicuro che noi provvedessimo da noi stessi ai nostri interessi; cominciando dalle cose del nostro comune e del nostro mestiere che noi conosciamo di più, e poi mettendoci di mano in mano d'accordo con tutti gli altri mestieri e paesi, non solo d'Italia ma di tutto il mondo, perchè gli uomini sono tutti fratelli, ed hanno interesse a volersi bene ed aiutarsi tutti. Non vi pare?

Beppe. – Eppure mi persuade. Ma, e i malviventi, i ladri, i prepotenti? Come si farà?

Giorgio. – Prima di tutto quando non vi sarà più miseria e ignoranza tutti questi malviventi non vi saranno più. Ma poi, ancorchè ve ne fosse qualcuno, vi è bisogno per questo di tenere un governo ed una polizia? Non saremo buoni da noi a mettere a dovere chi non rispetta gli altri? Soltanto, non li strazieremo, come si fa adesso dei rei e degli innocenti; ma li metteremo in posizione di non poter nuocere, e faremo di tutto per riportarli sulla dritta via.

Beppe. – Dunque, quando ci sarà l'anarchia, tutti saranno felici e contenti, e non vi saranno più miseria, odii, gelosie, prostituzione, guerre, ingiustizie?

Giorgio. – Io non so fino a che punto di felicità potrà giungere l'umanità: ma son convinto che si starà tutti il meglio possibile, e che si cercherà di migliorare e di progredire; e i miglioramenti non saranno più come oggi a vantaggio di pochi e a danno di molti, ma saranno a benefizio di tutti.

Beppe. – Magari! Ma quando sarà questo? Io son vecchio, e ora che so che il mondo non andrà sempre così, mi dispiacerebbe di morire senza avere visto almeno un giorno di giustizia.

Giorgio. – Quando sarà? che ne so io? Dipende da noi: più ci daremo da fare per aprire gli occhi alla gente, e più presto si farà.

Un bel passo già si è fatto. Mentre anni or sono pochi predicavano il socialismo ed erano trattati da ignoranti, da matti, o da arruffoni, oggi l'idea è conosciuta da molti, ed i poveri, che prima soffrivano in pace, o si rivoltavano spinti dalla fame ma senza coscienza delle cause e dei rimedi dei loro mali, e si facevano ammazzare o si ammazzavano tra di loro per conto dei signori, oggi in tutto il mondo si agitano, s'intendono tra di loro, si rivoltano con l'idea di sbarazzarsi dei padroni e dei governi, e non contano più che sulle proprie forze, avendo finalmente incominciato a capire che tutti i partiti, in cui si dividono i signori, sono tutti ugualmente loro nemici.

Attiviamo la propaganda, ora che il momento è buono; stringiamoci tra di noi, che abbiamo capito la questione; soffiamo nel fuoco che cova in mezzo alle masse; profittiamo di tutti i malcontenti, di tutti i movimenti, di tutte le rivolte; diamo un colpo vigoroso, non abbiamo paura e presto la baracca borghese andrà all'aria ed il regno della libertà e del benessere sarà incominciato.

Beppe. – Sta bene, ma badiamo a non fare i conti senza l'oste. Levare la roba ai signori è presto detto, ma ci sono i carabinieri, le guardie di P. S., i soldati; e, adesso che ci penso, ho paura che le loro manette, i loro veterly, i loro cannoni siano fatti, più che altro, proprio per questo: per difendere i signori.

Giorgio. – Questa è cosa che si sa, mio caro Beppe, che la polizia e l'esercito ci stanno per tenere a freno il popolo ed assicurare la tranquillità dei signori; ma se essi hanno i fucili ed i cannoni, non è mica detto che noi dobbiamo far la guerra con le mani in mano. I fucili sappiamo spararli anche noi e con l'astuzia e con l'audacia possiamo procurarceli; poi vi sono la polvere, la dinamite e tutte le materie esplosive, le materie incendiarie e mille arnesi che se in mano al governo servono per tener schiava la gente, in mano a popolo servono per conquistare la libertà. Le barricate, le mine, le bombe, gl'incendi sono i mezzi con cui si resiste agli eserciti, e noi non ci faremo pregare per servircene. Si sa bene: la rivoluzione non si fa mica con l'acqua santa e con le litanie.

D'altra parte, considerate che i poveri sono l'immensa maggioranza, e che se arrivano a capire e gustare i vantaggi del socialismo, non vi è forza al mondo che possa costringerli a restare come stanno. Considerate che i poveri sono quelli che lavorano e producono tutto, e che se, solo una parte importante di loro sospendesse il lavoro, ne avverrebbe tale uno sfacelo, tale un panico che la rivoluzione s'imporrebbe subito come unica soluzione possibile. Considerate pure che i soldati, in generale, sono essi stessi dei poveri, obbligati per forza a far da sbirri e da carnefici ai loro fratelli, e che non appena avran visto e capito di che si tratta simpatizzeranno, prima in segreto e poi apertamente, per il popolo e vi persuaderete che la rivoluzione non è poi tanto difficile quanto può parere a prima giunta.

L'essenziale è di tener sempre presente l'idea che la rivoluzione è necessaria, di essere sempre disposti a farla, e prepararci continuamente... e non dubitate che l'occasione, spontanea o provocata, non mancherà di presentarsi.

Beppe. – Tu dici così ed io credo che tu abbia ragione. Ma vi sono anche quelli che dicono che la rivoluzione non serve, e che le cose si maturano da loro. Che te ne pare?

Giorgio. – Dovete sapere che da che il socialismo si è fatto potente, ed i borghesi, vale a dire i signori, hanno incominciato ad aver paura sul serio, si stanno tentando tutte le vie per stornare la tempesta ed ingannare il popolo. Tutti hanno incominciato a dire che sono socialisti, financo gli imperatori... e vi lascio pensare che specie di socialismo hanno messo insieme. Di mezzo ai nostri stessi compagni sono anche usciti, purtroppo, dei traditori che, allettati dell'importanza che i borghesi davan loro per attirarli, e dai vantaggi che potevano ottener abbandonando la causa rivoluzionaria, si sono messi a predicar le vie legali, le elezioni, le alleanze coi partiti, che essi dicono affini, e così si sono fatti un posto in mezzo alla borghesia e trattano da matti o peggio quelli che vogliono far la rivoluzione. Parecchi continuano a dire che la rivoluzione vogliono farla essi pure, ma intanto... vogliono essere nominati deputati.

Quando qualcuno vi dice che la rivoluzione non è necessaria, o vi parla di nominare dei deputati o dei consiglieri comunali, o di far causa comune con una frazione qualsiasi della borghesia, se è un compagno vostro, che lavora come voi, cercate di persuaderlo del suo errore; se invece è un borghese o uno che vuol trovar modo di diventar borghese, consideratelo come nemico e tirate innanzi per la vostra strada.

Basta; un'altra volta parleremo più a lungo di queste questioni. Arrivederci.

Beppe. – Arrivederci; e son contento che mi hai fatto capire molte cose, che adesso che me le hai dette, mi pare impossibile come non le avessi pensate prima. Arrivederci.

* * *

Beppe. – Aspetta: giacchè ci siamo, tanto per non lasciarci a becco asciutto, andiamo a bere un gotto, ed intanto ti domanderò qualche altra cosa.

Tutto quello che hai detto, io l'ho capito... e poi ci penserò sopra e cercherò da me stesso di persuadermi meglio. Ma tu non mi hai detto quasi nessuna di quelle parole difficili, che sento dire sempre quando si parla di queste cose, e che m'imbrogliano il capo perchè non ci capisco nulla. Per esempio, ho inteso dire che voialtri siete comunisti, socialisti, internazionalisti, collettivisti, anarchici, e che so io. Si può sapere precisamente che significano queste parole e che cosa siete davvero?

Giorgio. – Ah! Giusto, avete fatto bene a domandarmi questo, perchè le parole sono necessarie per intendersi e distinguersi, ma quando non si capiscono bene generano grande confusione.

Dunque dovete sapere che i socialisti sono quelli i quali credono che la miseria è la causa prima di tutti quanti i mali sociali, e che fino a quando non si sarà distrutta la miseria non vi sarà modo di distruggere nè l'ignoranza, nè la schiavitù, nè l'ineguaglianza politica, nè la prostituzione, nè alcuno di tutti quei mali, che mantengono il popolo in così orribile stato, e che pure sono un nulla di fronte alle sofferenze che vengono direttamente dalla miseria stessa. I socialisti credono che la miseria dipende dal fatto che la terra e tutte le materie prime, le macchine e tutti gli strumenti di lavoro appartengono a pochi individui, i quali dispongono perciò della vita e della morte di tutta la classe lavoratrice, e si trovano in continuo stato di lotta e di concorrenza non solo contro i proletari, cioè quelli che non tengono niente, ma anche tra di loro stessi per strapparsi l'un l'altro la proprietà. I socialisti credono che abolendo la proprietà individuale, cioè la causa, si abolirà nello stesso tempo anche la miseria che ne è l'effetto. E questa proprietà si può e si deve abolire, perchè la produzione e la distribuzione della ricchezza debbono essere fatte secondo l'interesse attuale degli uomini, senza nessun rispetto per i cosidetti diritti acquisiti, cioè i privilegi che i signori d'adesso si arrogano, colla scusa che i loro antenati furono più forti, o più fortunati, o più birbanti, o, sia pure più laboriosi e più virtuosi degli altri.

Dunque, intendete bene, spetta il nome di socialisti a tutti coloro che vogliono che la ricchezza sociale serva a tutti gli uomini e vogliono che non vi siano più proprietari e proletari, ricchi e poveri, padroni e sottoposti.

Anni or sono, questo era una cosa intesa, e bastava dirsi socialista per essere perseguitato ed odiato dai signori, i quali avrebbero voluto piuttosto che ci fosse un milione di assassini che un sol socialista. Ma come già vi ho detto, quando i signori e quelli che lo vogliono diventare, videro che, malgrado tutte le loro persecuzioni e le loro calunnie, il socialismo camminava e il popolo cominciava ad aprire gli occhi, allora pensarono che bisognava cercare d'imbrogliare la questione per poter meglio ingannare; e molti tra di loro cominciarono a dire che essi pure erano socialisti, perchè essi pure volevano il bene del popolo, essi pure capivano che bisognava distruggere o diminuire la miseria. Prima dicevano che la questione sociale, cioè la questione della miseria e di tutti gli altri mali che ne derivano, non esisteva; oggi poi, che il socialismo fa loro paura, dicono che è socialista chiunque studia detta questione sociale, quasichè si potesse chiamare medico colui il quale studia una malattia, non coll'intenzione di guarirla, ma con quella di farla durare.

Così oggi voi trovate persone che si dicono socialisti, in mezzo ai repubblicani, ai realisti, ai clericali, in mezzo agli usurai, ai magistrati, ai poliziotti, dappertutto insomma, ed il loro socialismo poi consiste nel tenere a bada il popolo, o nel farsi nominare deputati, promettendo cose che anche a volerlo, non potrebbero mantenere.

Vi sono certamente, in mezzo a questi falsi socialisti di quelli che sono in buona fede e credono davvero di far bene; – ma che v'importa? Se uno, credendo di farvi del bene, vi ammazza di bastonate, voi dovete innanzi tutto pensare a levargli il bastone di mano, e le sue buone intenzioni potranno servire, tutto al più a non fargli rompere il capo, quando il bastone gli sarà stato tolto.

Perciò, quando uno vi dice che è socialista, domandategli se vuole abolire la proprietà individuale, o a farla breve se vuole levare la roba a chi ce l'ha per metterla in comune a tutti. Se sì, e voi abbracciatelo come fratello, se no, e voi mettetevi in guardia, perchè avete di fronte un nemico.

Beppe. – Dunque tu sei socialista; questa l'ho capita. Ma che vuol dire poi comunista e collettivista?

Giorgio. – I comunisti ed i collettivisti sono socialisti gli uni e gli altri, ma hanno idee diverse su quello che si deve fare dopo che la proprietà sarà messa in comune, e io, ve ne ricordate, ve ne ho già detto qualche cosa. I collettivisti dicono che ogni lavorante o, anche meglio, ogni associazione di lavoranti deve avere la materia prima e gli strumenti per lavorare, e che ognuno deve essere padrone del prodotto del proprio lavoro. Fino a che uno è vivo, se lo spende, o lo conserva, ne fa insomma quello che vuole, meno che servirsene per far lavorare gli altri per suo conto; quando poi muore, se ha messo da parte qualche cosa, questa ritorna alla comunità. I suoi figli hanno naturalmente anche essi i mezzi di poter lavorare e godere del frutto del lavoro; e lasciarli ereditare sarebbe un primo passo per tornare alla disuguaglianza ed al privilegio. Per ciò che riguarda l'istruzione, il mantenimento dei fanciulli, dei vecchi e degli impotenti, per le strade, per l'acqua, per l'illuminazione e la nettezza pubblica, per tutte quelle cose insomma che si debbono fare per conto di tutti, ogni associazione di lavoranti darebbe un tanto per compensare coloro che disimpegnano questi uffici.

I comunisti poi vanno più per le spiccie. Essi dicono: poichè per andar innanzi bene, bisogna che gli uomini si considerino come membri di una sola famiglia; poichè la proprietà deve stare in comune; poichè il lavoro per essere molto produttivo e per potere giovarsi delle macchine deve essere fatto da grandi collettività operaie; poichè per profittare di tutte le varietà di suolo e di condizioni atmosferiche, e far sì che ogni luogo produca le cose per cui è meglio adatto, e per evitare d'altra parte la concorrenza e gli odii tra i diversi paesi e l'accorrere della gente nei luoghi più ricchi, è necessario stabilire una solidarietà perfetta tra tutti gli uomini del mondo, e poichè sarebbe un lavorìo del diavolo il distinguere in un prodotto la parte che spetta ai suoi diversi fattori – facciamo una cosa, invece di starci a confondere con quello che hai fatto tu e quello che ho fatto io, lavoriamo tutti e mettiamo ogni cosa in comune. Così ognuno darà alla società tutto quello che le sue forze gli permettono di dare fino a che non vi siano prodotti sufficienti per tutti; ed ognuno piglierà tutto quello che gli bisognerà, limitandosi s'intende, in quelle cose per le quali non si sarà ancora potuto raggiungere l'abbondanza.

Beppe. – Piano: prima mi devi spiegare che significa la parola solidarietà, perchè hai detto che vi deve essere solidarietà perfetta fra tutti gli uomini, ed io, bene bene, a dirti la verità, non l'ho capita.

Giorgio. – Ecco; nella vostra famiglia, per esempio, tutto quello che guadagnate voi, i vostri fratelli, i vostri figli, lo mettete in comune: poi fate la minestra e mangiate tutto, se non ce n'è abbastanza, vuol dire che vi stringerete la pancia un poco tutti.

Ora, se uno di voi ha una fortuna, o trova a guadagnare di più, è bene per tutti, se invece uno resta senza lavoro o cade malato, è male per tutti, perchè certamente fra di voi quegli che non lavora mangia lo stesso alla tavola comune, e quegli che sta malato è causa anche di spese maggiori. Così avviene che nella vostra famiglia, invece di cercare di levarvi il lavoro ed il pane l'un l'altro, voi cercate di aiutarvi, perchè il bene di uno è il bene di tutti, come il male di uno è il male di tutti. Così si allontanano l'odio e l'invidia e si sviluppa quell'affetto reciproco, che invece non esiste mai in una famiglia in cui gl'interessi siano divisi.

Questa si chiama solidarietà. Si tratta dunque di stabilire, fra gli uomini tutti, gli stessi rapporti che esistono in una famiglia in cui i membri si vogliono bene davvero.

Beppe. Ho capito. Ora tornando alla questione di prima, dimmi tu sei comunista o collettivista?

Giorgio. Io, per me, sono comunista, perchè mi pare che quando s'ha da essere amici, torni poco conto di esserlo a mezzo. Il collettivismo lascia ancora i germi della rivalità e dell'odio. Ma v'è di più. Se ognuno potesse vivere con quello che produce egli stesso, il collettivismo sarebbe sempre inferiore al comunismo, perchè tenderebbe a tener gli uomini isolati e quindi diminuirebbe le loro forze ed il loro affetto, ma, tanto quanto, potrebbe andare. Però siccome, per esempio, il calzolaio non può mangiare le scarpe, nè il fabbro può nutrirsi di ferro e l'agricoltore non può far da sè tutto quello che gli occorre e non può nemmeno coltivare la terra senza gli operai che scavano il ferro e quelli che fabbricano gli strumenti e via discorrendo, così sarebbe necessario organizzare lo scambio fra i diversi produttori, tenendo conto a ciascuno di quello che ha fatto. Allora avverrebbe necessariamente che il calzolaio, per esempio, cercherebbe di dare gran valore alle sue scarpe, cioè pretenderebbe per un paio di scarpe aver quanta più roba potrebbe, ed il contadino, da parte sua, vorrebbe dargliene il meno possibile. Chi diavolo potrebbe raccapezzarcisi? Il collettivismo, mi pare, darebbe luogo ad una quantità di questioni, e si presterebbe sempre a molti imbrogli che a lungo andare potrebbero farci tornare al punto di prima.

Il comunismo invece non dà luogo a nessuna difficoltà; tutti lavorano e tutti usufruiscono del lavoro di tutti. Bisogna soltanto vedere quali sono le cose che bisognano perchè tutti siano soddisfatti, e fare in modo che tutte queste cose siano abbondantemente prodotte.

Beppe. – Sicchè in comunismo non ci sarebbe bisogno di moneta?

Giorgio. – Nè di moneta nè di altro che costituisca la moneta. Niente altro che un registro delle cose richieste e delle cose prodotte, per cercare di tenere sempre la produzione all'altezza dei bisogni.

La sola difficoltà seria sarebbe se vi fossero di molti che non volessero lavorare, ma io v'ho già detto le ragioni per cui il lavoro, che oggi è un pena tanto grave, diventerà un piacere e nello stesso tempo un obbligo morale, che solamente un pazzo potrebbe rifiutarsi di adempiere. E vi ho detto pure che, a peggio andare, se per effetto della cattiva educazione che abbiamo avuta, e per qualche privazione a cui si dovrebbe sottostare prima che la nuova società fosse organizzata per bene e la produzione accresciuta in proporzione dei nuovi bisogni, se, dico, vi fossero di quelli che non vogliono lavorare e ve ne fossero tanti da creare imbarazzi, tutto si ridurrebbe a scansarli fuori dalla comunanza, dando loro materia e strumenti per lavorare per conto loro. Così, se vorranno mangiare, si metteranno a lavorare. Ma voi vedrete che questi casi non si daranno.

Del resto, quello che noi vogliamo fare per forza è la messa in comune del suolo, della materia prima, degli strumenti da lavoro, delle case e di tutte le ricchezze che esistono ora. In quanto poi al modo di organizzarsi e di distribuire la produzione, il popolo farà quello che vorrà, tanto più che altro è dire, altro è fare, e che solamente all'atto pratico si può vedere qual'è il sistema migliore. Anzi si può prevedere quasi con certezza che in alcuni posti si stabilirà il comunismo in altri il collettivismo, in altri qualche altra cosa: e poi, quando si sarà visto chi si trova meglio, a poco a poco tutti accetteranno lo stesso sistema.

L'essenziale, ricordatelo bene, è che nessuno incominci a voler comandare sugli altri e ad impadronirsi della terra e degli strumenti da lavoro. A questo bisogna stare attenti, per impedirlo, se avvenisse, magari a colpi di fucile: il resto camminerà da sè.

Beppe. – E anche questa l'ho capita. Dimmi adesso, che casa è l'Anarchia?

Giorgio. – Anarchia significa non governo. Non vi ho detto io che il governo non serve altro che a difendere i signori e che quando si tratta degli interessi nostri il meglio è di badarci da noi senza che alcuno ci comandi? Invece di nominare dei deputati e dei consiglieri comunali, che poi vanno a fare e disfare le leggi, alle quali ci tocca ubbidire, noi tratteremo da noi stessi le cose nostre, e decideremo il da farsi; e, quando per mettere in esecuzione le nostre deliberazioni, ci fosse bisogno d'incaricare qualcuno, noi lo incaricheremo di fare e così e così e non altrimenti. Se si trattasse di cose che non si possono stabilire prima, allora incaricheremo quelli che ne sono capaci, di vedere, studiare, proporre; in ogni modo niente sarebbe fatto senza la nostra volontà. Così i nostri delegati, invece di essere degli individui a cui abbiamo dato il diritto di comandarci su tutte le cose, su cui piace loro far delle leggi, sarebbero persone scelte apposta e fra le più capaci di ogni singola faccenda, che non avrebbero nessuna autorità e solamente il dovere di eseguire quello che gl'interessati vorrebbero: insomma si incaricherebbe uno di organizzare le scuole per esempio, o di tracciare una strada, o di provvedere allo scambio dei prodotti, come s'incarica un calzolaio di fare un paio di scarpe.

Questa è l'anarchia. Del resto, se volessi spiegarvi tutto, dovrei parlare su questo solo argomento tanto quanto ho parlato su tutto il resto. Un'altra volta ne parleremo a lungo.

Beppe. – Sta bene, ma dammi intanto qualche altra spiegazione. Che vuoi? Ormai mi hai messo la voglia addosso!

Mi devi spiegare come mai potrei intendermi io, che sono un povero ignorante, di tutte quelle cose che chiamano la politica, e fare da me quello che fanno i ministri ed i deputati.

Giorgio. – O che cosa fanno di buono i ministri ed i deputati, perchè voi abbiate a lamentarvi di non saperlo fare? Fanno le leggi ed organizzano la forza per tenere sottoposto il popolo e garantire lo sfruttamento esercitato dai proprietarii: ecco tutto. Di questa scienza noi non abbiamo bisogno.

È vero che i ministri ed i deputati si occupano pure di tante cose, che sono buone e necessarie; ma mischiarsi di una cosa, per volgerla a profitto di una data classe di persone o per incepparne lo sviluppo con regolamenti inutili e vessatori, non vuol dire farla. Per esempio, quei signori si ingeriscono nelle cose ferroviarie; ma per costruire ed esercitare una ferrovia non v'è niente affatto bisogno di loro, come non v'è bisogno degli azionisti: bastano gli ingegneri, i meccanici e gli operai ed impiegati di tutte le categorie, e questi ci resteranno sempre, anche quando i ministri, deputati ed altri parassiti saranno completamente spariti.

Così per la posta, per il telegrafo, per la navigazione, per l'istruzione pubblica, per gli ospedali: tutte cose che sono fatte da lavoratori di ogni sorta, come impiegati postali e telegrafici, marinai, maestri, medici, e nelle quali il governo c'entra soltanto per inceppare, guastare e sfruttare.

La politica, come s'intende e si fa dalla gente di governo, è per noi un'arte difficile, perchè si occupa di quelle cose che, per noi lavoratori, non sanno nè di sale nè di pepe, e perchè non ha nulla che vedere cogli interessi reali delle popolazioni, ch'essa si occupa soltanto d'ingannare e dominare. Se invece si trattasse di soddisfare, nel miglior modo possibile, ai bisogni del popolo, allora la cosa sarebbe ben più difficile per un deputato che per noi.

Infatti, che cosa volete che sappiano i deputati, che stanno a Roma, dei bisogni di tutte le città e borgate d'Italia? Come volete mai che della gente, che in generale ha perduto il suo tempo col latino e col greco, e lo perde ora con peggiori inutilità, si possa intendere degli interessi dei varii mestieri? Le cose andrebbero altrimenti se ognuno si occupasse delle cose che sa, e dei bisogni che sente e che vede.

Fatta la rivoluzione, bisogna incominciare dal basso e andare all'alto. Il popolo si trova diviso in comuni, ed in ciascun comune vi sono i diversi mestieri, che subito, per l'effetto dell'entusiasmo e sotto l'impulso della propaganda, si costituiranno in associazioni. Ora, degl'interessi del vostro comune e del vostro mestiere chi se ne intende meglio di voi?

Quando poi si tratterà di mettere d'accordo più comuni, o più mestieri, i delegati rispettivi porteranno in apposite assemblee i voti dei loro mandanti e cercheranno di armonizzare i varii bisogni ed i varii desiderii. Le deliberazioni saranno sempre soggette al controllo ed all'approvazione dei mandanti, in modo che non c'è pericolo che gli interessi del popolo siano posti in oblio.

E così, di mano in mano, si procederà fino all'accordo di tutto il genere umano.

Beppe. – Ma se in un paese o in un'associazione v'è chi l'intende in un modo e chi in un altro, allora come si fa? Vincono quelli che sono di più, non è vero?

Giorgio. – Per diritto no, perchè in faccia alla verità ed alla giustizia il numero non conta niente, e spesso uno solo può avere ragione contro cento e contro centomila. In pratica si fa come si può; si fa di tutto per conseguire l'unanimità, e quando questo fosse impossibile, si voterebbe e si farebbe come vuole la maggioranza, oppure si rimetterebbe la decisione a terze persone che farebbero da arbitri, salvo sempre però l'inviolabilità dei principii di uguaglianza e di giustizia su cui si regge la società.

Notate però che le questioni sulle quali non si potrà mettersi d'accordo senza ricorrere al voto o all'arbitrato saranno poche e di poca importanza, perchè non vi saranno più le divisioni di interessi che vi sono oggi, perchè ognuno potrà scegliersi il paese e l'associazione, vale a dire i compagni con cui meglio se la dice, e soprattutto perchè si tratterà sempre di decidere sopra cose chiare, che ognuno può comprendere, e che appartengono piuttosto al campo positivo della scienza che a quello mobile delle opinioni. E più si andrà innanzi e più il voto diventerà cosa inutile ed antiquata, anzi ridicola affatto, poichè quando si sarà trovato, mediante l'esperienza, qual'è in un dato problema la soluzione che meglio soddisfa ai bisogni di tutti, allora bisognerà dimostrare e persuadere, non già schiacciare con una maggioranza numerica l'opinione avversaria. Per esempio, non vi farebbe ridere oggi il chiamare i contadini a votare sull'epoca in cui si deve seminare il grano, quando questa è una cosa già accertata dall'esperienza?

Così avverrà di tutte le cose che riguardano la utilità pubblica e privata.

Beppe. – Ma se nullameno vi fossero di quelli che per un capriccio qualunque volessero opporsi ad una deliberazione presa nell'interesse di tutti?

Giorgio. – Allora naturalmente bisognerebbe ricorrere alla forza, poichè, se non è giusto che le maggioranze opprimano le minoranze, non è nemmeno giusto il contrario; e come le minoranze hanno il diritto d'insurrezione, le maggioranze hanno quello di difesa, o se la parola non v'offende di repressione.

Non dimenticate però che sempre e dappertutto gli uomini hanno il diritto imprescrittibile alle materie prime ed agli strumenti di lavoro, sicchè possono sempre separarsi dagli altri e restare liberi e indipendenti. È vero che questa non è una soluzione soddisfacente, perchè così i dissidenti resterebbero privati di molti vantaggi che l'individuo isolato o il gruppo non basta a produrre, e che domandano il concorso di tutta una grande collettività... ma che volete? gli stessi dissidenti non potrebbero pretendere che la volontà di molti fosse sacrificata a quella di pochi.

Persuadetevi: al di fuori della solidarietà, della fratellanza, dell'amore, al di fuori della mutua assistenza e quando occorre del mutuo compatirsi, e sopportarsi, non v'è che la tirannia o la guerra civile; ma siate sicuro però che, siccome tirannia e guerra civile sono cose che fanno male a tutti, gli uomini, non appena saranno arbitri dei loro destini, si avvieranno verso la solidarietà, in cui soltanto possono realizzarsi i nostri ideali, e per essi la pace, il benessere e la libertà universale.

Notate pure che il progresso, mentre tende a solidarizzare sempre più gli uomini tra di loro, tende anche a renderli sempre più indipendenti e capaci di bastare a loro stessi. Per esempio:

oggi per viaggiare rapidamente, sopra terra bisogna ricorrere alle ferrovie, le quali richiedono, per essere costruite ed esercitate, il concorso di gran numero di persone, sicchè ciascuno è obbligato, anche in anarchia, ad adattarsi al tracciato, all'orario ed alle altre regole che la maggioranza crede migliori. Se però domani s'inventa una locomotiva che un uomo solo può condurre senza pericolo nè per lui nè per gli altri, sopra una strada qualunque, ecco che non c'è più bisogno di tener conto, in questa questione, del parere altrui, e ciascuno può viaggiare per dove gli pare ed all'ora che gli piace.

E così per mille altre cose che si potrebbero fare fin da ora, o che in avvenire si troverà il mezzo di fare; sicchè si può dire che la tendenza del progresso è verso un genere di relazione fra gli uomini che si può definire colla formula: solidarietà morale ed indipendenza materiale2.

Beppe. – Va bene. Dunque tu sei socialista e tra i socialisti sei comunista e anarchico. Perchè mo' ti chiamano anche internazionalista?

Giorgio. – I socialisti sono stati chiamati internazionalisti perchè la prima grande manifestazione del socialismo moderno è stata l'Associazione internazionale del Lavoratori, che per abbreviazione si chiamava L'Internazionale. Quest'associazione, sorta nel 1864, collo scopo di unire gli operai di tutte le nazioni nella lotta per l'emancipazione economica, aveva al principio un programma molto indeterminato. Poscia nel determinarsi si divise in varie frazioni e la sua parte più avanzata giunse fino a formulare e propugnare i principii del socialismo anarchico, che io ho cercato di spiegarvi.

Ora quest'associazione è morta, in parte perchè perseguitata e proscritta, in parte per le divisioni intestine e per le varie opinioni che se ne contrastavano il campo. Da essa però sono nati e il grande movimento operaio che ora agita il mondo, e i varii partiti socialisti dei diversi paesi, e il partito Internazionale socialista anarchico rivoluzionario che ora si va organizzando per dare il colpo mortale al mondo borghese.

Questo partito ha per iscopo di propagare con tutti i mezzi possibili i principii del socialismo anarchico; di combattere ogni speranza nelle concessioni volontarie dei padroni o del governo e nelle riforme graduali e pacifiche; di risvegliare nel popolo la coscienza dei suoi diritti e lo spirito di rivolta, e spingerlo ed aiutarlo a fare la rivoluzione sociale, vale a dire a distruggere il potere politico, cioè il governo, e a mettere in comune tutte le ricchezze esistenti.

Fa parte di questo partito chi ne accetta il programma e vuol combattere insieme agli altri, per la sua attuazione. Il partito non avendo capi nè autorità di nessuna specie ed essendo tutto fondato sull'accordo spontaneo e volontario tra combattenti per la stessa causa, ciascuno conserva piena libertà di unirsi più intimamente con chi meglio crede, di praticare quei mezzi che crede preferibili, e di propagare le sue idee particolari, purchè non si metta per nulla in contraddizione col programma e con la tattica generale del partito; nel qual caso non potrebbe più essere considerato quale membro del partito stesso.

Beppe. – Perciò tutti quelli che accettano i principii socialisti–anarchici–rivoluzionari sono membri di questo partito?

Giorgio. – No, perchè uno può essere perfettamente d'accordo col nostro programma, ma può, per una ragione o per l'altra, preferire di lottare da solo o d'accordo con pochi, senza contrarre vincoli di solidarietà e di cooperazione effettiva con la massa di quelli che accettano il programma. Questo può anche essere un metodo buono per certi individui e per certi fini immediati che uno può proporsi; ma non può accettarsi come metodo generale, perchè l'isolamento è causa di debolezza e crea antipatie e rivalità là dove si ha bisogno di affratellamento e di concordia. In ogni modo noi consideriamo sempre come amici e compagni tutti quelli che in qualunque modo combattono per le idee per le quali combattiamo noi.

Vi possono essere quelli che sono convinti della verità dell'idea e nondimeno se ne stanno a casa loro, senza occuparsi di propagare quello che credono giusto. A costoro non si può dire che non siano socialisti e anarchici d'idea, poichè pensano come noi; ma è certo che debbono avere una convinzione molto debole o un animo molto fiacco; perchè quando uno vede i mali terribili che affliggono se stesso ed i suoi simili e crede di conoscere il rimedio per metter fine a questi mali, come può fare, se ha un po' di cuore, a starsene tranquillo?

Colui che non conosce la verità non è colpevole; ma lo è grandemente chi la conosce e fa come se l'ignorasse.

Beppe. – Hai ragione, ed io appena avrò un po' riflettuto su quello che mi hai detto e mi sarò persuaso per bene, voglio entrare anch'io nel partito e mettermi a propagare queste sante verità, e se poi i signori chiameranno anche me birbante e malfattore, dirò loro che vengano a lavorare e a soffrire come faccio io, e poi avranno diritto di parlare.